致，
一直
過於努力
的妳

邵雨薇

#2

在自己的雨中跳舞

#3 是我非我

4

序

很驚訝嗎？我很驚訝！
連一台電腦都沒有的我，居然出書了！

想像一下。

大半夜，我拿著手機像是打日記給你們看，半躺在床上，眼下還掛著蒸氣眼罩。原本肚子有點餓，但決定躺下睡覺的我，正因為突然有好多想法跑出來，所以起身下載一個手機版 word 打下這些話。

「為什麼要寫書？」這個問題我想了一陣子，畢竟我的目標是在軋兩部戲中間同時完成這本書，實在令人有些頭痛。我真的能在期限內完成嗎……好想放棄，又忍不住繼續……

會讓我繼續下去的原因，我想，就是因為我很「搞威」，很想分享我偶爾的沉靜與瘋狂。

OK，讓我突然從床上彈起來的想法是什麼呢？
是「水」。

我們的開始就是被羊水包圍，安穩的存在。
出生以後，首次脫離了安全感，來到了一個我們完全沒想到的世界。

還是嬰孩的我們，被丟進泳池中，像是反射般的自在，能夠用身體記憶游泳。若是這樣，那我為什麼 30 歲這年才學會呢？

因為我們經過了環境的洗禮，只要溺水過一次，那種快要不能呼吸的感覺，就會記得一輩子。

而那個童年記憶，導致我忘了深埋在潛意識、與生俱來的安全感。導致這些年，我逃避了水。別說游泳，我連海邊都不太敢去，更別想潛水。

這樣的感受拿來套在生活、情感、事業，甚至是認識自己上，都能成立。

這就是我想寫的主題，把曾經溺水，到學游泳，到被人綁著鉛塊丟入潛水池，再到享受安靜的水壓回歸到母體的安全感，這樣的人生歷程，分享給你們。

「你不會是永遠的菜鳥。」我們都一樣 :)

希望你們能跟和我一同感受這個，從害怕到享受徜徉的過程。也希望你們，會喜歡我的第一本書。

#*1*

有蝴蝶

變成大人以後，還是有很多不懂的事，還無法一一理解，
該表達不該表達更成為一門課題。

彩色的世界好難，調色盤裡必須要夠多顏色，
單純只想擁有自己喜歡的顏色好像不太夠。

有蝴蝶

幼稚園以前，我們家都是住在眷村，家家戶戶都很熟絡的那種。記得大班的夏天，爸爸還是軍人，人在金門，只有我跟媽媽、姊姊在家。

那天颱風來了，把外面吹得亂七八糟，院子裡摩托車倒了，花盆也倒了，最後還停電了，我們都緊張得要命。

媽媽臨時也找不到蠟燭，於是我們三個就一直摸黑找蠟燭。突然間姊姊興奮地大喊：「有蝴蝶！」

在那個隱隱約約中，我看見一隻剪影飛來飛去，也跟著很開心地喊：「我看到了！」

姊姊衝上前去一把抓住了蝴蝶，像雙手捏飯團一樣地握在手掌裡。

後來媽媽找到了蠟燭，點了火，我們期待地準備看蝴蝶。姊姊手一打開，是蟑螂。

很大隻還有翅膀的蟑螂立刻飛走。我們一起尖叫，臉都綠了。

這件事記在我心裡好久好久。

如果沒有停電的話，
如果沒有找不到蠟燭的話，
如果早就找到蠟燭的話，
如果爸爸在家早點解決一切的話，
也許我們就不會遇見蝴蝶，
更不會發現牠是有翅膀的蟑螂。

但這一小段的時間，給了我好大的震撼。

對啊，要是我們的生命中沒有黑暗的時刻，我們怎麼知道害怕的同時也許會出現期待？

要是以為找到了期待就鬆懈了自己，怎麼知道不會因此受到打擊？

要是我們認為會保護我們的人根本不在身邊，那我們要如何
保護自己？

好多粉絲和朋友問我，來台北一個人住了十年，難道我都不
害怕嗎？

其實很多時候一個人面對問題，我也很害怕，很想被保護，
很想哭，但我沒有這麼多如果可以選。

能期待就期待，受打擊就面對，遇到問題就只能解決。

即使現在 30 歲的我，經歷十年一個人的生活已經很獨立，
我還是會害怕，還是想被保護、照顧。

這就是答案。

BTW

以後別人在停電時跟我說有蝴蝶的話，我會保持平常心也保有期待。

有光時看見的如果是蟑螂就解決問題，解決完想哭就哭吧。

幽默而美麗的誤會

這是一個幽默而美麗的誤會，頭上多一隻角身分地位馬上不一樣。

剛剛在和人妻好友聊天時發生了一件有趣的事，她電話講到一半叫我等一下，突然往樓上大喊：「老公！你下來，有一隻很大的蟲子在飛，好像是蟑螂，你幫我打牠。」

只聽見她老公嘻笑地回應：「只是一隻甲蟲啦！」
她回了句：「喔。」
然後告訴我有次也發生一樣的事情，是被她女兒看見。

女兒一直哭喊：「爸爸有蟑螂！」
結果爸爸回她：「這是一隻甲蟲啦！很珍貴的喔！」
女兒立刻停止哭泣，緩緩靠近那隻放在爸爸手上的甲蟲，跟爸爸說：「那我們要養牠嗎？」

話題本該發展到這邊就結束，但我笑出來，想起某次拍戲發生的趣事。

某個剛下過雨的晚上，我坐在大樹下拍戲。有隻蟲蟲突然從天而降在我的衣服上，貌似是小強（我雖然不怕蟑螂但也不想被牠碰到），於是我很本能地把蟲蟲撥離開我的衣服上。但那隻蟲蟲也很頑強地用牠長長的腳勾住了我的衣服，於是我有點慌了，再度用了一點力撥開牠。

牠掉到了我的斜前方草地上一動也不動。
接著工作人員說：「欸，是獨角仙啦！」

然後三五人（包括我）就這樣圍在這隻被誤認成蟑螂的獨角仙身邊。我起了個頭摸摸牠，說：「對不起喔，我認錯了。你還好嗎？該不會很痛吧？」身旁的人也荒謬地開始跟獨角仙說話，好像牠聽得懂一樣。

回到現實，我繼續與朋友聊到，只是頭上多了一隻角，怎麼待遇差這麼多？

人妻好友也笑出來，說：「對，要是是蟑螂，拖鞋馬上就拿

起來瞄準了。」

接著我們笑著說，以後要仔細看清楚蟲蟲的身分地位。乍看長得很像，但一個是被追殺的蟑螂，一個是可以被當成寵物的獨角仙，可別搞錯了。

我曾在網路上看到一句話：「蟑螂身上的惡臭其實是一種犧牲，就像昆蟲界辛苦的清潔隊員，你還能要求他穿西裝、打領帶嗎？」

但誰不想成為那個獨特且珍貴的獨角仙呢？

這段對話饒富深意，讓我一直回味著。
獨角仙跟蟑螂的美麗誤會，也許放在日常生活也通用。

就像看見黑影就開槍，或不曾試圖了解就想把誤會的人消滅等等。也許⋯⋯八卦也是一種美麗與不美麗之間的誤會。

我一直以來都對八卦敬謝不敏，不愛聽八卦也不愛聊八卦，不是覺得自己有多清高，而是我懶得花記憶體存這些與我無關的事情，也懶得費唇舌去討論這些人與事。有趣的事情這麼多，我們幹嘛用聽的用說的？

對於「聽說」兩個字，我也是不太喜歡的。

有機會自己親自去認識去了解，好壞是非，心中自會有一把尺衡量。

就拿我來說吧，我常常成為被開槍的那個黑影，其實我也滿頭問號或是偶爾覺得委屈。

但換個角度想，也許我不夠亮不夠顯眼，才讓我成了那隻小強，有時就發現有很多人拿著拖鞋對著我。

甚至有時候我也會看著自己，審視自己，到底是不是小強啊？

於是我開始不斷鍛鍊自己，把殼練硬了就成為甲蟲了喔！把顏色變漂亮一點就更珍貴了喔！把頭頂上的角鍛鍊出來就可以成為獨角仙了喔！

加油吧！我要成為獨角仙！
這個精神喊話也夠幽默了！
加油加油！

欸，姊姊

你知道姊姊是個什麼生物嗎？變形蟲。
隨著年齡不同，我的姊姊也跟著變形了。

相差兩歲的姊妹實在太尷尬了，差不多的年齡，玩差不多的
東西，交差不多的朋友，穿差不多的衣服，爭差不多的寵。

老二哲學我不用再聊了，大部分的人都知道。
但你了解嗎，你了解嗎？
對小時候的我來說，姊姊就是我的地獄。

我沒騙各位，我從小就是超乖的孩子！不吵不鬧，吃飯睡覺。

在我年紀還小、沒什麼主見的時候，總是幫爸爸拔白頭髮、
按摩，陪媽媽買菜，還爭著要洗碗。我跟在姊姊屁股後面，
撿她不想要的所有東西，為的就只是想要她陪我玩，帶我出
去玩。

但我姊這個惡魔，總是不饒過我。

她什麼都要拿走粉紅色的，留下藍色的給我，或是正大光明地拿走我好不容易收集到的貼紙。她心情好的時候帶我玩，心情不好的時候丟我在家。

小時候的我真的像小媳婦一樣，用一百元的紅包錢跟她換零錢，她開心我就能去天堂。

這樣的小媳婦日子在國小畢業後結束，我的人生從國中開始進入叛逆期。（算是有點早嗎？）

我有了自己的朋友、自己的生活，開始不聽話。
終於，我到了不必再等我姊肯帶我才能出門的年紀！（歡呼）

你們知道我小時候有多自閉嗎！

自己在家玩家具障礙賽，先跳過一張桌子，然後在沙發上後滾翻，跑進媽媽房間的床上跳遠，最後在我房間門口倒立。
玩我妹妹，幫她綁頭髮、做衣服，教一個 3 歲的妹妹ㄅㄆㄇ。

終於國中了，可以自己出門了！完全不用再看我姊的臉色過日子，所以我姊更生氣了，她發現不管要叫我幹什麼都叫不動了。

我開始學會反抗，跟她唱反調，把她氣得牙癢癢，是我國中時最開心的事。所以在我國中的時候，我跟我姊成了敵人，相恨相殺。

國中畢業之後，家裡經濟出了一些問題，我開始了打工生活。甚至為了賺錢，我選擇從公立高中轉學到五專，才有更多彈性的時間去工作。

我不確定家人懂不懂我當時的想法。我太想要長大，太想成為家裡的支柱，所以蹺了很多堂課，只為了賺正職的薪水。

但我非常確定我姊當時一點也不理解，於是她成了抓耙子。只要我有點風吹草動，她絕對是把右手舉得很高，大喊：「媽媽！邵雨薇又○○××了！」

我只要晚回家，就會被她鎖在家門外。

這時候的我為了達成目標，又要與抓耙子開始諜對諜的生活。

直到我進了演藝圈，離開了高雄到台北生活，一年大概回去一兩次，每次大概也只待三天左右，我覺得我姊一年一年越來越不同。

在我 30 歲這年，她變成了姊姊。
生日會上突如其來的一段影片把我逼哭了。

我的姊姊謝謝我這幾年來的努力，為我的作品加油打氣，把我的辛苦都放在心裡。

三十年……我最怕的姊姊，最討厭的姊姊，在我離開高雄後，一年一年把愛送還給我，並且大方地對我說出口，成功地讓我感動，感覺得到愛了。

現在我眞的很喜歡我有姊姊，有差不多年齡的姊姊可以商量家裡的事，有差不多心情的姊姊可以分擔心事，有差不多興趣的姊姊可以玩在一起。

我覺得很好，原來姊姊這種變形蟲生物，最終還是變成了姊姊。

希望她以後不要變討厭。（笑）

與妹妹的旅行

如果錯過了 10:51 的高鐵，那就等 11:11 的。

單看這句話是不是有點消極？
在不趕時間的情況下，我希望我能夠保有這樣的心情。
錯過不全然是件壞事，10:51 的高鐵 12:25 到左營，11:11 的高鐵 12:30 到左營。就算再晚點到，我都不想沒必要地感到焦慮煩躁或是暴怒。

其實並非消極地想著錯過也沒差。
而是錯過了，我們趕快想辦法處理。
先別急著生氣煩躁，那真的沒有幫助。

有一次，我與妹妹在紐西蘭旅行，我開了三小時的車才到庫克山，但因為山上天氣因素，冰山健行被迫取消了。因開車而疲憊萬分的我感到非常失望，但我還是選擇趕緊在周遭尋找好玩的活動。我們在庫克山腰上健行，看自然的風景以及整片的湖景，在附近找了好吃的餐廳，用小確幸結束一天。心情愉快的我們決定隔天再來健行，最後開了三小時的車回

到住處。

隔天一早又是三小時車程，因為不想錯過眼前所見，沿途不時停車拍下這段彷彿經歷了四季的風景。到了庫克山，又是天氣因素讓我們不能坐直升機上去冰山健行，只好再延一天，結果只剩坐直升機到山頂拍拍雪景的行程，心情突然又差了起來。猶豫了一下，我還是報名了，沒魚，蝦也好啦！

不免覺得有點倒霉的我，直接查好回程會經過的景點就衝了！誰想要承認倒霉啊！我才不要不開心！

憑著這股動力，加上我的妹妹是好旅伴，總是嘻嘻笑笑地陪我繼續玩，我們意外地找到了鮭魚之鄉，吃到非常好吃的鮭魚，又繞去看了有名的景點「湖中樹」。回程天都黑了，但滿天的星星讓我停下車來。這片星空無邊無際，在無光害的地方安靜地閃耀著，就像是在夢裡。世界這麼大，怎麼我的煩惱這麼小？我承認我本來還是覺得有點倒霉，但意外的插曲比我預想的更美好。

第三天，又是開三小時車的一大早，這次我已下定決心，若是再沒坐到直升機，我就去坐船！好弱的決心啊……就在第三天，我們總算總算飛上山了。在直升機升空的那一刻我真的好感動，從直升機上俯視整個庫克山的景色，美得我不知道怎麼用文字形容。抬頭看著妹妹笑得燦爛，不禁讓我覺得自己是個好姊姊，一個不輕言放棄的姊姊。

三天下來，我們總共開了十八小時的車，經歷了好幾次五味雜陳又糾結的心情，卻非常快樂。好意外，原來放下那些亂七八糟的想法，可以創造新的驚喜。

所以我不是要說消極的話，我是要說，人生本來就會有很多無法控制的不如意，可是我們能控制我們自己的心。錯過的不一定最好，驚喜的時刻才讓人永生難忘。

老實說，山上天氣多變，被取消了兩次的行程，開了三趟來回的車程，總共十八小時的路途，才總算換來一次庫克山的美景，堅持什麼？我也不確定。

也許是一顆真的很想完成的心吧！
也許我還算是很幸運。

但我真的很想堅持，很想很想。生命如同一場冒險，有時給你驚嚇，有時給你驚喜。有時給你驚嘆，有時又讓你驚醒。但沒關係，我們永遠是新鮮人，每一天都是新的開始。

後來我跟妹妹說，旅途中偶爾難免出現無可奈何的情況，重要的是我們願不願意試著讓旅途愉快。

只要選擇了接受，當下我們依然能快樂地決定下一件事，繼續安排我們能處理的狀況。

很開心，我妹是個好旅伴，我們繼續完成我們的旅行。

開十八個小時的車的痛苦，現在想起來都會笑！
好啦，健行下次會再去啦！庫克山等我！

怕水

真的很怕水……
小時候曾經去水上樂園玩，
掛在泳圈上的我從中間的縫隙滑了下去，
不會游泳也不夠高，頭深不出水面，就這麼溺水了。

在水裡的感覺很無助，
因為有戴蛙鏡所以能看到周邊，
遠遠的都是腳，還有泳圈下的腳在踢水。
我來不及憋氣就掉下去了，
所以非常恐懼，就快要無法呼吸，
瘋狂的掙扎，試圖抓住旁邊的人，卻抓不到。
直到我快要暈過去時，伸出了一隻手，
一把抓住我，把我抱起來，
印象中是一個阿姨。
我在地上躺著，吐了點水。
清醒過來以後，完全呆滯，也來不及哭。
媽媽知道了以後嚇壞了，
我從此再也不能去水上樂園，

不能參加學校游泳課，也不能學游泳，
更不能去海邊玩水，直到長大。

大概四五年前吧，
突然意識到……為什麼我再也不游泳了？
如果害怕，就更應該要學會，才能保護自己啊！
於是我開始找朋友練習，慢慢練習。
雖然到現在我還是游得很慢，
姿勢很醜，但我會了，也會換氣了，
也可以在游泳時享受了，能笑了。

對啊，為什麼要逃避曾經受過的傷害？
擁抱它以後，就能笑著面對了，對吧？

害怕之後，才知道勇敢是什麼

點一首〈擁擠的樂園〉。

害怕之後才明白勇敢是什麼？
你記得當時那個初生之犢不畏虎的自己嗎？
有沒有在此刻想念當時的勇氣？

小時候總是好忙碌啊，整個家就是我的運動遊樂場，走廊當
起點助跑，遇到沙發前滾翻，扶著桌子跳高，最後在終點靠
著牆壁倒立，光是這樣可以玩一整天。

拿一張紙給我，我就能做出千變萬化的模樣。
摺成船、畫畫、做自己的紙娃娃、拿紙量身高……

為什麼長大扼殺了我的天馬行空？
是不是經歷太多故事，而這些故事告訴我紙是拿來唸書、拿
來寫考卷、拿來變成工作文件？所以我對一張紙的想像只剩
下疲倦？

我時常會想起這些瞎忙的時刻，一個人玩再久都不會孤獨。
小時候朗朗上口的兒歌，長大後再看歌詞會發現，原來這麼
悲傷。

其實我們都知道，我們已經再也無法回到當時那樣的自己。
身上的每一個疤痕、每一條皺紋，每一個眼神裡都住了太多
故事，我們騙不了人，更騙不過自己。

當時的無憂無慮才有辦法天馬行空，總覺得天塌下來一定壓
不到我，一定會有更高的人會幫我撐著，會有人保護我的。

有一天你會發現你漸漸長高，高大的人也不見得堅強，甚至
連背都微微的彎了，頭髮也默默的斑白。

就在某一天，咚，原來天空掉下來的東西會砸到你。
就在那一天，我們不再是那個天不怕地不怕的孩子，我們必
須長大。

你遇見了哪些故事呢？此刻的你是不是感覺既害怕又疲憊？

當你望見眼神裡住了很多故事的人們，你會發現你不孤獨。
成長的路上也有很多人在走，大家都不簡單。

面對害怕的時候，願意面對恐懼的時候，才明白原來這就是
勇敢。

此時為你鼓掌的人，或是心中暗自羨慕的人絕對不在少數，
你明白嗎？ 這種勇敢很值得為自己驕傲。

不要懷疑自己，沒有一條路是絕對正確的，你每一天選擇創
造的故事都在為你寫下存在。

即使每天都得面對現實的打擊或困難，我還是希望大家都能
偶爾花一個小時，做回孩子般的自己。

天馬行空的創造一艘船，想像我們坐在上面，畫風一變。

海平面上有無數的魚躍出水面，一隻比一隻還大，任何奇形怪狀的都有。當你興奮的跑到船邊看的時候，不知道撞到了什麼摔倒在地，原來是一隻非常大的鯨魚突然在你面前噴水，害你不知道該怎麼辦，對這個未知感到既有趣又害怕。

鯨魚一離開，你才看見這麼大、這麼藍的天空。突然你掉進了棉花雲裡，原本密密麻麻的雲朵散開成了一片一片，看起來很好吃但碰不到。一群遷移的鳥兒經過，龐大而整齊的排列讓你看得目瞪口呆。

這天晚上還有數不完的星星，偶爾看見流星劃過，雙手馬上就闔起來，有好多好多願望。

想跟它說：「好想喝水，請下雨好嗎？」

結果來了一場狂風暴雨，邊喝水的同時還要趕快修復破掉的帆，注意不時從船底冒出來的水。暴風雨過後你累壞了，癱坐在船上，露出大大的微笑。

你就是船長，這趟旅程成了一場冒險。

路途上有好多小島，有些島民上船與你同行，也有乘客到了目的地下船。

感受這一切原來這麼精彩，這麼酷，而這就是你的勇敢所得到的獎賞。

這艘船，是人生的旅途。

世界這麼大，厲害的人遇不完，別為一些小事情去煩惱自己。有些人只是你人生的過客，來來去去，別為此懊惱或者失落。這個世界還是這麼大，我們逛也逛不完。暴風雨後，天還是會藍。感謝這場雨水，讓我們學會保護自己，也給我們養分與繼續活下去的能量。幻化成小孩子的一場冒險，是不是有趣多了？

人生很難但也很簡單。

擁擠的樂園你好，我來挑戰了。
擁擠的樂園再見，我決定往下一個旅程冒險。

後記：

三輪車跑得快，上面坐個老太太，要五毛給一塊，你說奇怪不奇怪。
小時候為了這個兒歌差點逼瘋老師，我問給一塊找五毛就好了啊，
哪裡奇怪？

長大後我發現我的疑問是合理的，到現在我還是不知道哪裡奇怪。

發脾氣是很消耗能量的

從小到大真正發脾氣的次數很少，通常只會對於我在乎的事情發脾氣。

小時候我的成績單上的分數加總一直是雲霄飛車式起起伏伏，九彎十八拐以後曲線下降再左撞右撞一路顛簸最後直線上升。

平均值只會是第三名，永遠都拿不到第一名。
不知道為什麼，我真的很會睡覺，每天晚上九點一到，不管我人在哪裡都會馬上斷電，睡到讓我媽很困擾。晚上很難出去逛夜市，也等不到跨年煙火，因為九點一到，爸媽就得扛著睡到不省人事的我。但我媽也很能轉換思考，每次我在沙發上昏睡，我媽就開始玩叫我起床的遊戲，在我還記得的招數裡有幾招特別有效。

第一個是拿我的頭髮搔我的耳朵或鼻孔，逼得我癢到醒來。
第二個，直接在我臉上澆水幫我洗好臉，然後叫我起來去刷牙。

最後一個我印象最深刻，這大概是她最有創意的一招，拿以前那種牙籤輕輕戳我臉不同的地方。這種叫醒我的方式在當時真的是讓我氣炸了，因為很不乾脆！她在我耳邊一直「顆顆顆」地笑個不停，我猜大概是我一直做出很蠢的表情來反抗她的攻擊。如果那時已經有智慧型手機，我可能就是在臉書上被媽媽出賣的孩子，看她對自己的創意洋洋得意。

我被那個笑聲以及牙籤那種有點痛痛又有點腦人的觸感吵醒以後，我媽就會嚴肅地切換成母親的身分，要我起來去房間睡覺。

重點不是我媽如何對付我的瞌睡蟲，是我愛睡覺的本質影響了我的上課時間。我猜是我太愛運動和曬太陽了，整個白天都在追趕跑跳碰，下午的課完全起不來，一直深深陷在夢鄉裡。有時老師叫醒我，過五分鐘我又睡著了。所以平常考試成績時常不及格，完全沒辦法上課，只覺得好睏好睏。

唯有在考試前一天，我不會花這麼多時間追趕跑跳碰，會逼

自己唸書，而我唸書的方法很笨，就是死背！整本課文一字不漏的背出來！什麼科目都一樣，所以月考成績幾乎都是滿分！在這樣的情況下，平常考與月考成績平均加總的結果最高就是第三名。

其實我好像也沒那麼在意分數或名次，只是想為自己盡到一點責任。

但有個長輩質疑我，懷疑我月考分數和平時考分數怎麼會差這麼多！

在那個年紀，我只會想，我月考前把整本課本背下來啊，分數當然不一樣，為什麼會懷疑我？他也沒問清楚，就先把我叫去斥訓一頓。莫須有的罪名讓我氣炸了，氣到與這位長輩頂嘴，說你為什麼不先問我分數怎麼會落差這麼多？為什麼平常考這麼差？愛睡覺的原因是什麼？

當時的我只怪長輩根本不關心我，只看到我的缺點卻不問原

因，對我的優點避而不看甚至不願相信。

氣到哭的我一把眼淚、一把鼻涕，把課本一字一句背出來證明自己的清白，瞬間傻眼的長輩再也沒過問我的成績。

他在某個紀念冊上寫著：妳是個聰明的孩子，要好好加油。看見那幾個字後，我累積幾個月的不滿和憤慨的情緒統統消失了。

在那一刻突然感受到，這位長輩對於誤會我這件事也感到懊惱且帶有歉意。

原來我也根本沒理解別人的立場。成績單上的雲霄飛車這種情況大概真的很少很少見，或是受到其他的壓力，他才來質問我這些事情。而我扎扎實實地氣了他幾個月，把我的快樂與想對自己負責的心消耗殆盡。

感謝這位長輩留下的那些文字，經歷過這件事，我才發現人

與人無論什麼年紀，都是互相且對等的。我們跟不同的人學習經驗，學習體諒，學習關懷，學習同理。

經過這件事以後，我更不容易生氣了。長大後沒有這麼偉大的思想，只覺得，為了一件綠豆芝麻的小事要生氣要吵架，讓對方感受不好一點都不值得。

大概懶得吵架的成分也變多了，輕鬆幽默看待世界也不錯。前提是不可以傷害我愛的人！

這種時候，當然，還是會生氣。
相信你也是，對吧！

好人是有錢人才能做的

「好人是有錢人才能做的。」

之前在韓劇《我的大叔》裡，女主角說了這句話……這句話時不時出現在我腦海裡，也許是看太多相關的新聞、電影，或是想起曾經。

為了工作而轉學的日子，在「新崛江」工作，每天唸書工作早出晚歸，薪水一到就開始算這個月薪水的分配，多少能留用，多少要給家裡。

在我正值叛逆的 17 歲，其實心中多少是為自己的處境感到不滿及煩躁的，總覺得算時薪的打工賺不了什麼錢，寧可蹺掉最後兩堂課變成正職。

生活一個月比一個月難熬的時候，我想方設法要多賺錢，於是向老闆要求加薪、補助吃飯錢、抽成。老闆人滿不錯的，很爽快答應也立刻實行，薪水一下子就漲了不少。為了業績好，我只專注在有意願買的客人，完全不想理會只是來看來

聊天的人，因此在「表特版」有了冰山美人的封號。冰山美人是個好聽的形容，實際上是說我臉很臭，感覺很跩。

嘿，好人是給有錢人當的。
對不起，曾經那些感受不好的你們，被錢追著跑的日子太苦，我已經沒有力氣再去思考別人怎麼想了。

記得有一個月，媽媽難得主動開口問我能不能幫妹妹繳學費。我知道她已經沒辦法才會主動再開口多要，但當時的我卻好想逃跑，好想大哭一場，心裡演了一百萬次的小劇場，為什麼上天對我如此不公平，我感覺好累，每一天都好害怕。這股情緒淹到喉嚨就被我用力吞了下去，拿出了妹妹的學費給媽媽，皮夾裡所剩無幾。

在這種狀態下，我性格變得有點疏離，只想著，賺錢就可以了吧？我拚命賺錢就好了吧？

直到有天聽到姊姊在講，我才知道媽媽和妹妹到了炸雞店，

妹妹說好餓，媽媽只剩下買一隻雞腿的錢，說自己不餓讓妹妹吃飽。還有一次媽媽說好想喝飲料，當時才 10 歲的妹妹說不行浪費錢，喝水就好。

聽完這些事我一陣慚愧。妹妹早熟的程度早已超出我的想像，而媽媽的忍耐我卻完全不知道，只會丟出許多冷暴力，自以為賺錢就可以了……

在那叛逆不成熟的日子裡，我感覺錯過了好多關於情感的一些「什麼」。這些對外封閉的情緒，瘋狂的在心中爆炸潰堤。我確定，連肚子都餵不飽，又被生活追著跑的時候，當不了什麼好人。

這只是大社會中一個小小的故事 ，還有更多的故事一直不停地在發生。很幸運地，現在的我很好，家人也都很好。所以我漸漸產生了同理心，總想著人性本善。

我看到有些新聞，許多老人家上了年紀還在做資源回收，只

要能吃飽就會把多的錢存下來，再一次捐出去。他們的心情
也是想幫助那些需要幫忙的人。好人還是很多很多的。

我們在資訊爆炸的世代，接收到太多負能量的同時，也要看
看好的事情。

有什麼事過不去的？都會過去的。
有什麼事需要用仇恨嫉妒包圍自己？其實都是小事。

饒過自己的內心，好人是給有同理心的人當的。

有個說法是，幫助一個人等於幫助了五個人，這五個人會再
幫助更多的其他人。

謝謝當時的老闆，
謝謝幫助過我的朋友，
謝謝包容我的家人。
有你們，才能有現在的我，能盡一分力去幫助別人。

錯過了

很多事情在不好意思的時候錯過了。

你有遇過這種情況嗎？我有，而且很常。
每當錯過後留下來的感受總是無限懊惱。
腦袋明明就有某種念頭想做卻「不好意思」。這大概是我人
生中最常發生的狀況。

不好意思說想學鋼琴
不好意思跟爸媽撒嬌
不好意思在上課時發問
不好意思說對不起
不好意思跟爺爺阿嬤說要合照
不好意思主動跟別人熱情打招呼
不好意思爭取我想要的工作
不好意思表達想念
不好意思說我後悔了

也許現在的我無意識地正在盡力改變這些事，所以才了解，

曾經我錯過了什麼。

錯過了喜歡的興趣
錯過了與家人更親近的童年
錯過了我真正不懂的問題
錯過了再也不能見的朋友
錯過了爺爺阿嬤最後的身影
錯過了與人熟識的機會
錯過了讓自己進步的環境
錯過了愛的人
錯過了每一個後悔的時刻

改變的過程是難受的，偶爾結果甜美，偶爾不如你所願，但
那又如何！

當我拿掉了這些不好意思，我感到自由。
至少不再被自己束縛，不再時常懊惱。

我也試圖彌補曾經不好意思而錯過的事,其實也不算太晚。
人的心大概就像皮膚一樣,要保養,要滋潤和代謝,有時化
個妝,但也要休息。

做多少就會回報自己多少。
就別再不好意思了,你還想錯過多少?

那一頁的美勞作業

那一頁的美勞作業，
是你尚未澆熄的溫暖，但卻關起的心房。

某一年炎熱的暑假，皮膚被太陽曬得紅紅的。
為了暑假作業收集著西瓜籽，我們坐在司令台的正中央，一
邊唱歌一邊吃紅色的大西瓜，旁邊有個紙摺的垃圾桶。

我們沒有管是否會被別人看見，煞有其事地舉辦了西瓜籽跳
遠盃（其實就只是吐西瓜籽看誰吐得比較遠的比賽）。輸的
人要去把吐掉的西瓜籽收集回來，還要騎腳踏車載另一個人
回家。

我們的實力在伯仲之間，比賽進行得非常艱難，反正贏二十
次就是最後的贏家。

我們卯足全力，吐得臉紅脖子粗，一度還差點換不過氣搞到
頭暈。但兵不厭詐，這是戰爭。就在我一口氣喘不過來，不

小心一個西瓜籽掉出了我的嘴，比賽宣告結束。沒得商量，這就是比賽的規矩。

我一臉不悅地瞪向你，翻了一個白眼，彷彿更娛樂到你，你笑得呲牙裂嘴。

我不甘心地一邊尋找地上的西瓜籽，嘴巴一邊碎碎唸著好臭好噁。

你得意忘形地甩甩頭髮說：「等一下載我回阿嬤家喔！」
我整個大傻眼，回頭看著你大喊：「你阿嬤家很遠欸！」
「管你的，」你說。

一路上你笑得好討厭，站在火箭筒上大唱破音版的〈自由〉。
我們不斷被路人投以鄙視的眼神，但我們一點都不在意。
「不要回來，你已經自由了，我也已經自由了。」

我們還沒到阿嬤家門口，遠遠已經能看見你的爸媽拉拉扯

扯。你媽媽好像爆炸了一樣大吼，哭著說我再也不會回來。

我呆坐在腳踏車上，不知道該不該前進或做出任何行動。
而你早已經跳下火箭筒，往你媽媽的方向衝過去。

世界好像在我發呆的時候被靜音，我看著你抱住媽媽，不讓
她離開。但她頭也不回地跑走了，你爸爸氣急敗壞地走回屋
子裡。畫面只剩站在原地的你，與一臉無奈的阿嬤。最後是
一隻狗的叫聲把我從驚嚇中喚醒。

直到開學前，你再也沒出來跟我一起玩。

開學第一天，我很小心觀察你的心情。
你一樣會笑，卻笑得有點勉強。
暑假作業的創意美勞，也是空的。
只剩下我的作業那一頁還貼著西瓜籽的畫。

到後來，你索性也懶得裝了，總是一個人待著。你開始上課

常常遲到，衣服老是穿錯或穿著沒被太陽曬乾的運動服，後來上學也變得要來不來。

你的童年就像關在那一天，你唱著〈自由〉的那一天，但你的心已經不再自由。

後來的你，好嗎？
當時你無法留下媽媽的無能為力，與我打不開你心房的無能為力，如今都能釋懷了嗎？

到現在我還是沒有個答案，只希望你能找回溫暖與快樂。
不可控的因素太多，而當年的我們太小，能理解的事情太少，一直以為當大人才能自由，不知道原來會有這麼多困難。但你的心要離開禁錮的牢籠，重新找回自由，才能再翻開彩色的下一頁。

願你一切安好，我的同學。

橡皮擦

老實說，我卡關了。

一段時間寫不出任何文章。
可能沒發生什麼事情能造成我內心的波動，所以我的內心像
家徒四壁的房間，想不出什麼正能量及發人省思的事。

當我在思考這件事的時候，答案就出來了。

我不知道為什麼要給自己貼標籤當一個教育者？或拯救者？
正能量大師？好像寫了什麼負面的心情，大眾會觀感不好似
的。

啊，大概因為我是藝人，長久使用的文字抒發都走這個風格。

前陣子出席活動，被問到我都如何創作？

後來想想，我們每個人都在創作。
每一天的故事都是我們自己寫的。

所以答案是，我不能只用正面的心情去寫東西，我一整顆心、左腦右腦、四肢、五臟六腑，我的感官都活著呀！我本來就是個平凡人。

並不是在湊字數，而是我想讓你們同時感受到它們的存在。

我想告訴大家，遺憾。
原來我也會遺憾，連我都不想承認。

———

國小五年級重新分班後，我們班被選為樂隊班，為全校演奏國歌和國旗歌。我則是選上了指揮這個工作，可能對很多同學來說是很令人羨慕的。

當時班上有個女同學倩華，她很羨慕能夠當指揮的我，所以經常跑來找我聊天講話。對慢熟的我來說交朋友很困難，即使她不停釋出善意，我總是只給她一個不失禮貌的微笑。

也許，在她心中我是冷漠的人吧………

連續幾天，她每天都送我一個水果圖案的橡皮擦，有香味的那種。有一次我回她，這個葡萄的味道好奇怪，她突然止不住呵呵呵地笑了出來。

她說我好奇怪，這是她最喜歡的味道。然後我也笑了。
終於我跟她聊了第一次天。她說她也很不會交朋友，但是她覺得我當指揮很厲害，很羨慕我，所以很想跟我講話，這樣好像她也會跟著變得很厲害。

我突然語塞，接不下話，然後結束了這次聊天。

原來我也可以讓別人覺得我很厲害？我其實是沒自信的，好像是怕自己無法成為她心中的樣子，對她又開始保持禮貌的距離。
過了一陣子，她會偶爾請假。
過了一陣子，她常常請假。

過了一陣子，她突然就不來學校了。

沒有人知道她請假的原因，大家都說她家裡很有錢，應該是又出國去哪裡玩了。我也不以為意。

直到有天在升旗的時候，我在司令台上指揮著，遠遠地看到倩華的媽媽來了。她跟班導師在講話，講著講著就哭了。

班上的樂隊邊聽著他們的對話，樂聲也跟著變了調，節奏凌亂，五音不全，像一場鬧劇般奏完了國旗歌。

回到班上以後，老師說她過世了，是腦部腫瘤。

在 1991 年，網路不發達、資訊不齊全的年代，這句話聽在五年級同學的耳裡，大家好像沒有很懂，我也是。我只是感覺到鼻子酸酸的，知道這個羨慕我當指揮還送我橡皮擦的同學再也不會來了。

以後經過她家，再也看不到她在家門口玩了。我開始感覺到後悔，後悔每一次禮貌的微笑，後悔自己沒自信跟她交朋友。我看著味道很奇怪的葡萄橡皮擦發呆。

原來這就是遺憾，深深地刻在我心裡。

我到現在都還記得妳的樣子，妳捲捲的頭髮、爽朗的笑聲、說我奇怪的表情，和那個橡皮擦。

對不起倩華，我很想跟妳道歉。妳才是那個很棒的女孩。

周爸爸

一直以來，我只會用自己的人生觀去思考死亡產生離別的痛苦，沒有想過即將離開的人會有什麼樣的心情。

影集裡有一句台詞是這樣說的：「在我離世後，我希望別人想起我的是一部好作品，而我也想留下一些好的東西讓自己感到驕傲。」

我想起一個把我當女兒疼愛的長輩周爸爸。

在他的葬禮後，我與他的家人們同車，車上放著一首我第一次聽到的歌，是張國榮的〈明星〉。音樂在放的時候，周媽媽哭了，含蓄且悲戚，很小聲卻讓人無比的心痛。

我與周家人感情很好，只要有空就會與他們大家庭一起吃飯，一起打羽毛球。有次吃飯讓我印象非常深刻。周爸爸熟巧地分解了一整隻龍蝦，很仔細地把肉都挑出來，一塊塊擺得漂漂亮亮的。

接著他把盤子推到我面前，我理所當然地把盤子推往他兒子的位置。他趕緊把盤子拉回來我面前，用很勉強的廣東國語跟我說：「是給妳的，妳也是我的女兒。」

周爸爸的話不多，個性也很含蓄溫暖，平時不多說什麼，他的溫暖總是直接行動。

還有一次，當我要離開的時候，他從工作的地方趕回來，只是要確認我有沒有買到名產回家。周爸爸周媽媽都是很可愛的人，在我心中，他們是最幸福最可愛的大人榜樣，總是在假日兩個人手牽手逛街，或是一起去遊戲場打電動。

周爸爸被診斷出罹癌時已經是末期。
像是交代遺言般，他要兒子照顧好媽媽，希望他能時常陪媽媽吃飯，假日帶她去走走，不要窩在家裡 還要他照顧好他們的工廠，希望訂單和生意要維持住。

原來將離世的人，感傷的不是自己要走，是無法再照顧家人，

和擔心周媽媽會感到寂寞。

他們家的牛仔褲工廠是白手起家，辛苦的日子不算短，工作夥伴全都是自己的家人親戚。對周爸爸周媽媽而言，一整個大家庭一起賺錢、一起過得好，是他們最在意的事。

周爸爸，您留下的驕傲，是您一刻不敢鬆懈的堅持，照顧了整個大家庭。大家都平安健康地照顧關心彼此。所有想起您的人，心中都是暖的，嘴角也微笑著。

謝謝您付出的一切。安好。

瞻仰

見到你的最後一眼，像是把拼好的拼圖全部打散。

最近老是想起阿嬤（她是我奶奶，不過她跟我爺爺一個是本省人、一個外省人，所以我們都叫他們阿嬤跟爺爺），可能是因為陰雨綿綿，天氣很冷，就像過去的每一年過年。

轟隆隆隆隆……火車的車門打開了，過年又到了。三個姊妹裡大概是我最期待回中壢過年。

記得每次過年上火車，都會覺得自己特別嬌小。
穿過大人的腳縫腰間，一路鑽到自己的位置，繼續脫掉身上厚重的外套，才算旅程的開始。

幸好我們搭的是永遠的自強號。
印象中，它在我的眼裡總是特別威嚴，亮橘色非常顯眼，又穩又快。

每站上車的人讓走道越來越擠越來越擠……擁擠的人潮，旁

人的嬉笑，嬰孩的哭鬧，像是缺氧般地讓我沉沉入睡……睡得東倒西歪。

約莫在嘉義站我會醒來，等著中午的台鐵便當。
吃完萬年排骨便當，跟著旁人一起擁擠，一起嘻笑，一起不哭但打鬧，然後再沉沉睡去。

這樣坐火車的時光，經歷了快二十次，或是二十次以上。

神奇的是，每當第二次從沉沉睡眠中醒來，就像是到了另外一個世界。

高雄的天氣跟中壢的天氣非常不同。到達中壢的時候總是下著雨，下午的天色也比高雄來得昏暗，又濕又冷又暗。
這是自我有記憶以來，每年過年的第一印象。

下了火車才會再轉計程車，去到內壢的幸福新村。
啊，對了，爺爺是軍人。

到阿嬤家的時候大概都快下午五點了吧！

所以計程車一到，阿嬤出來接我們以後，就會繼續回廚房燒菜，媽媽也會跟著去幫忙。

紅燒黃魚、燉牛肉、梅干扣肉、炒青菜（到底是炒什麼我也不記得，我很不愛吃菜），總之一大堆的菜色擺在一個圓桌上，還有高粱酒和維大力。

阿嬤個子很小，大概 142 公分，身材圓滾滾，肉肉的，滿頭短白髮，很白很白的那種，燙得捲捲蓬蓬的很可愛，臉上有著一點一點紅紅的胎記，笑起來眼睛會成為月亮，彎彎的瞇瞇眼，就快要看不見似的。

她老是笑咪咪地忙進忙出，等到我們開動，菜全部上完以後，才會最後一個入座。

當大家紛紛吃完離席，最後都會剩下我跟阿嬤。因為我吃飯很慢，阿嬤比較晚吃，吃飯也很慢。這個飯後時光是我們最

常聊天的時間。

我：「阿嬤，妳吃飯好慢欸，跟我一樣。每次班上同學都在睡午覺了，我都還沒吃完欸。」

阿嬤：「我老了牙齒咬不動啊，吃飯比較慢啊。哪像你爺爺，為了吃好吃的，牙齒常常去保養。」

阿嬤邊咬著一塊肉，邊呵呵呵地笑著，繼續說：「妳是不是也是老了牙齒不好，才吃得跟我一樣慢哪。」

呵呵呵呵。阿嬤式幽默。

我接著說：「我才不老。等我比妳高，妳要給我一個紅包喔！」

我覺得阿嬤最偏心我，因為三個孫女裡面我最黏她。
她答應我，當我長得比她高的時候，她要給我包個大紅包。

我們像好朋友一樣什麼都講，什麼都聊，什麼玩笑都可以開。
每天早上五點起床陪阿嬤去買菜，一起睡午覺，下午在院子
裡用洗衣板一起刷衣服，然後在爺爺的書房看深海魚圖鑑。
我一直問一大堆魚的問題，阿嬤不知道答案，又呵呵呵地遮
嘴笑。

我們就像是一見如故的知心朋友，一年見一次，既不尷尬也
不怕不熟，總是在過年時笑得東倒西歪。

———

眼前這個骨瘦如柴、皮膚脫了水、化得白白厚厚的妝、臉上
多了些色彩的阿嬤，變得好陌生。

唯一認得的是她身上的衣服，是她一直捨不得穿的套裝。
那個愛漂亮的阿嬤，打扮得漂漂亮亮讓大家瞻仰之後，蓋棺

了……

我不喜歡瞻仰的感覺。

會恐慌徬徨，會發抖，還會捨不得。

還會有一陣子忘記阿嬤原本的長相。

最後的畫面在腦海裡久久不能消失。

當接受事實以後，阿嬤原本的樣子才變得漸漸清晰。

——

轟隆隆隆隆……又是趕火車的日子。

接到了電話，跟劇組請了假，阿嬤在買菜的路上暈倒了。

阿嬤從醫院回來，醫生說她中風了，整個左半邊都不能動。

阿嬤哭了出來，很勉強想要口齒清晰地說：「薇薇，我不能再去買菜了，不能再照顧爺爺了，我沒有用了，阿嬤沒用了，怎麼辦？」

我也勉強地拿出百分之兩百的正能量，假裝嘲笑阿嬤好笨，
告訴她怎麼可能不會好。

「現在醫術這麼發達，我帶妳去運動啊，一定會好的啦！會
好的……」

幾個月過後，阿嬤的狀態越來越差，日漸消瘦，連腦袋都不
太清楚了，偶爾才會回神跟我笑一笑、聊聊天，說她都有在
電視上看到我。

————

有空時我都會從台北坐火車去中壢陪阿嬤和爺爺，讓放下高
雄家裡來照顧他們的媽媽放個假。

我學會了煮水餃，突破了路痴障礙，知道爺爺喜歡的早餐店

是哪一間，怎麼走。

某次晚上媽媽不在，只有我和阿嬤和爺爺，但爺爺摔倒了。

雖然很吃力，但我還是能扶得動爺爺，讓他躺回床上。

過沒多久他又自己起床，又摔倒了。

我拜託著爺爺沒事不要再起來了，我真的真的扶不動了。

就這樣反覆到第四次，我崩潰著哭了，不知道該如何是好。

鄰居也都是爺爺奶奶，只能無助地看著身旁的阿嬤。

阿嬤呆滯地看著我，也看著爺爺。

爺爺坐在地上，腦袋還是很清醒，但他似乎因為無法控制自己的身體而受到打擊，一直在生氣。

他不肯放棄，想動動看，卻完全使不上力。

我跟著坐在地上，看著爺爺一直流眼淚，為自己的無力感到低落。

我拿著厚厚的棉被，讓爺爺能躺在棉被上休息。我拿了枕頭
與被子，讓爺爺盡量能保暖。然後我在他們的房間裡，抓著
棉被的一角坐著睡著了。

直到天亮了，阿嬤拍拍我。我醒來，發現爺爺也醒了，叫我
扶他起來吃早餐。總算我又有力氣把他扶起來。
幸好，他今天行動沒問題。
媽媽也趕了回來，我像是有了一個依靠。
原來我沒這麼獨立，原來我不夠堅強。

——

一個星期後，爺爺過世了。他吃完早餐以後睡著了。

在台北接到通知時，我無法原諒我自己。那天如果沒讓爺爺
睡在地上，是不是一切就不會發生？是不是我害的？

帶著無止盡的歉疚，我跟我媽說都是我害的，要是我再努力

一點就好了。但媽媽說，她決定不急救爺爺了，因為爺爺是吃得飽飽地睡著，舒服地離開了。

我們應該要讓他舒舒服服的。
媽媽說爺爺是很有福報的。這句話似乎安撫了我的內心。

在爺爺過世一個多月之後，阿嬤有天突然很清醒地跟我說：「阿嬤什麼都知道。沒關係，阿嬤不會難過，人都會走，阿嬤也會。」

我站在遠遠的門口，看阿嬤瘦弱的身體蜷曲在床上，聽阿嬤說這些話。虛虛弱弱地，像是提前告訴我，她走了以後要我也不要難過。

接下來，印象中的阿嬤都在加護病房，完全沒有醒來過。
病房內只有運作的機器聲，和我不時啜泣的聲音……

———

阿嬤，我真的好想您。

想念您身上的老人牌香水，想念您做的菜，想念您笑起來的
眼睛。
想我幫您泡三合一咖啡的早上，想要拿到比您高以後您答應
給我的紅包。

幸好，幸好我記得比較深的，是您可愛的模樣。
阿嬤您好嗎？不要老是擔心我，我過得很好喔！

道別，需要多少時間？

有沒有一首歌，響起的時候，會讓你想起日常的點滴，那些深藏起來的記憶？我想，每個人應該都有一首這樣的歌吧！

如果可以，我希望你在看這篇文章時，打開音樂程式，無限循環 Bee Gees 的〈First of May〉，一邊聽我述說我的故事。

我在三十年中遇到了好多個道別，有的道別到現在還沒結束，有的道別來得措手不及，有的道別不想面對，有的道別永遠忘不了……

離開父母身邊，開始上幼稚園的那一天，道別時，看著媽媽轉身離開的背影。我瞪大著眼，緊抓著自己的裙角，用了無比的勇氣沒讓眼淚掉下來，直到午休時間。

原來這是第一次離開家的感覺，就像被拋棄了一樣無所適從。我終於哭了，躲在棉被裡用盡力氣，彷彿全世界都不要我了一樣。

即使旁邊的小朋友大聲嚷嚷著：「老師，新同學哭了。」
這麼好面子的我，果然還是敵不過分離。這是我第一次面臨的道別。

接下來的道別都是學校畢業時，那些哭著、笑著的回憶，現在想起來，喜歡的青春戀愛話題永遠聊不完，又酸又甜。

這個為我們而生的蘋果樹結出果實，成熟落下。往日歷歷在目，輕輕的一吻，匆匆離別了這些青澀時光。

再一次的離別是 2010 年，一個人北上。這時候的我目標非常明確：「賺錢，養家。」我沒有任何執念地離開了家，充滿勇氣又怕得要命。

我花了三年的時間認識了台北，也花了三年把勇氣磨光，麻痺了怕得要命的感覺。

原來這個看似充滿機會的台北，一直忘了我來了，忘了給我

生存下去的條件，也忘了給我最後的打擊，讓我處在一種生存以上、生活以下的日子。

第三年的某一天，我回到高雄，拿錢給媽媽，佯裝一切都好。把借來的錢用到只剩下一千塊急著回台北，車票用掉了五百多，剩下四百多要繼續活下去的我，終於又遇到再一次的道別。媽媽送我去客運站，看著我的背影叫住了我。

媽媽說：「妳的腿看起來快斷了。妳有沒有吃飯？」

虛應故事、上車之後，終於忍不住情緒，我哭了好久好久。

有印象的時候已經到了西螺休息站，下車買了兩顆茶葉蛋。熱熱的茶葉蛋感覺暖暖的，我就像被打敗過後哭完的孩子，珍惜地吃著僅存的溫暖，並且告訴自己，蛋用了自己的生命給我活下去的能量，我憑什麼對不起它。於是我收拾了心情，繼續提起勇氣想著接下來的路。

隻身來到遙遠的台北幾年，我想我再也沒有時間問時光為何匆匆流逝。

再一次的道別，是我的爺爺阿嬤。

阿嬤中風後，離中壢最近的我，為了照顧他們，展開了一段火車之旅。

從小最愛阿嬤的我，實在沒辦法看著這個原本極其可愛、最愛到處打招呼、最愛在過年買菜遛孫女、最愛做菜看我吃、最在意我身高、最愛私下偷偷寵我的小女人，日漸消瘦，神智開始不清。

阿嬤中風後問了我：「我可以去買菜嗎？」「爺爺吃不到喜歡的東西怎麼辦？」「我如果動不了，怎麼辦？」「薇薇，我什麼時候能好起來？」

阿嬤一直問，問到最後我都聽不清楚她在說什麼。直到有天，

爺爺走了。

我哭了。我不知道怎麼告訴阿嬤，爺爺某天吃飽喝足睡著之後，再也沒醒來。我只能騙她，爺爺去住療養院，騙了好幾個月……

有天她突然神智清楚地告訴我：「沒關係，人都會走，阿嬤都知道。」

我很難過，卻又覺得這個道別，好美。

阿嬤都知道，知道我的好意，知道與爺爺的這份愛沒有停下只有繼續，知道不是不見，只是晚點見。

沒幾年阿嬤也走了。我猜想，阿嬤和爺爺相遇後，一定會先煮爺爺最愛的牛腩吧。

因為道別，是為了相遇。

到底道別要花多少時間，我沒辦法計算。
那棵原本看起來很大的聖誕樹，隨著我們長大，變得越來越
小了。

原來這些年我們曾開出美麗的花，也凋謝了不少，又長出了
成熟的果實，又大又甜。

看著果實一顆顆掉落，但是沒關係，我們不用太過傷感，因
為愛，不會熄滅。它一直會存在於特別的某一天，永遠存在。
也許不是電影《重慶森林》裡的 5 月 1 號，也許是 12 月 24 號。

也許我們不用道別，你本來就在我心中，一直沒有離開。

山與海

你喜歡山還是海？

有很多心理測驗會這樣問，我一直都不能明白。如此不同的
兩個世界怎麼能相提並論？

我喜歡山也喜歡海。
要細分的話，我喜歡去海邊玩，我想潛水、看浪、看海岸線。
我喜歡海的無邊無際，卻又害怕海的孤傲無情與直曬皮膚的
烈陽。

我喜歡山，喜歡住在山上離星星最近的地方，喜歡往山下一
覽無遺，喜歡山裡舒服的空氣與穿過樹木後灑下的陽光，雖
然不直接卻很溫暖，喜歡山的無限包容，卻不喜歡一次次徒
步爬往山頂的煎熬。

有喜歡的也會有不喜歡的事，恰似一種瑕不掩瑜的溫柔。
沒什麼是真正容易的，都得付出。

海像是偶爾相聚的朋友。
山像是能夠依靠的家。
都市像是熙來攘往的人群。
而我也是其中的一分子。
大概是這種感覺。所以怎麼能夠選得出來？

對我而言，家庭、工作、愛情、朋友，平衡才能心理健康。

並不是什麼都一定要擁有，但要能感受其中的真諦，並且適量地依照不同的山海與都市投入不同的養分，雖然未必能馬上有回饋，卻能多少留下些痕跡。時間久了，痕跡也必然會跟著變深。

所謂的平衡，大概就跟把一件事情做好，需要很多人的努力與緣分和運氣組成。

少了一個元素，就少了一部分的自己。

前陣子聽到一個有趣的比喻。

人的煩惱就像海浪，一波未平，一波又起，時而驚濤駭浪，時而風平浪靜，卻未有停止的一天。浪會一直來，而我們要如何面對不停打上岸的那些大大小小的浪？

在我的粉絲專頁上，很多人私訊問我各式各樣的問題。我也明白，無論自己的身分地位如何，或是性別年齡為何，大家都會有煩惱。最怕的就是旁人不懂卻亂為自己的煩惱下定論，把別人眼前最大的煩惱當作一個小浪，卻不知道「那個沒有你會游泳、個子比你小的人」，已經快被眼前的小浪吞沒。

對啊，我們在不同的起點，真正懂的人只有自己。很多問題別人不一定懂，就算懂，他也不是你。自己的浪無法靠別人的能力與別人的衝浪板解決。試圖改變心裡的想法，企圖站上衝浪板的決心，這只是第一步，卻是最重要的一步。事情就是這樣一一被解決的。

回到喜歡山還是海？甚至是都市或鄉下？

喜歡就是喜歡，這份缺一不可的心情，是邊長大邊發現的禮物。抱著這樣的理念生活，發現浪一直都會有，我堅強到習慣抱著站上衝浪板的決心。我也會怕，也會受傷，反正跌倒了再爬起來就好，還能有什麼更糟的？

別比較誰的浪比較大，我們就跟自己比比看能在浪上站多久。

#2

在自己的雨中跳舞

有一種東西，輕如羽毛卻提不起，重如礦石卻放不下。

23 歲的歌

回想小時侯
那個稚氣感的我
那天放學後
走過漫漫的街頭
有時侯
想說
我要自由

鳥兒天空飛
魚兒水中游
風兒吹呀吹我不自由
玩玩具
寫功課
唱唱歌
我沒事做

兩隻老虎兩隻老虎
跑得快

跑得快
一隻沒有眼睛一隻沒有尾巴
眞奇怪
眞奇怪

二十三的我來到北邊的一頭
今天晚上我走過漫漫的街頭
原來成長
不是
那麼輕鬆

鳥兒天空飛
魚兒水中游
風兒吹呀吹無慮無憂
忙工作
惱生活
唱唱歌解解煩憂

鳥兒天空飛

魚兒水中游

風兒吹呀吹無慮無憂

忙工作

惱生活

唱唱歌解解煩憂

兩隻老虎兩隻老虎

跑得快

跑得快

一隻沒有眼睛一隻沒有尾巴

真奇怪

真奇怪

烏龜小姐

小時候，媽媽給我的綽號是烏龜小姐，
因為我做什麼事都很慢。
不知道從幾歲開始，人生像是開了外掛，
突然快走起來，到必須跑起來。
每一天都很刺激地與時間賽跑，
一天同時做好多事。
這次回家，
我想起我早就不是以前那個烏龜小姐了。
好或不好呢？都有吧。
在我還在跑的這段路上，
我想偶爾記得放慢下來看一看，
陪著別人慢慢地走一段，
也說不定一起走得更快。

2020 年發生了這麼多大事，
又恐慌又無奈又感傷。
唯一能做的好像是珍惜身邊的一切，
專心看待身邊發生的事，

做一個善良的人，
不謾罵多思考。

人生這一場冒險，我已經過了三十年。
不算老手也不是新手，
是時候該把一些深刻的記憶，好好刻在腦海裡，
以便我老了還能慢慢回憶，
謝謝影像能夠被記錄下來。

我們年年見。

30 歲

大家都說過了 30 歲後就會明顯感受到改變。
但我剛 30 歲時並沒有感受到什麼，只覺得離我理想中的 30
歲還差得遠呢！

就在要滿 31 歲時我感受到了，神奇的變化。
我不再願意委屈自己的內心，比較能直接表達想法，好像不
再這麼害怕了。

也許是環境因素，我從小就比同齡孩子成熟許多，後來才發
現那只是「表象成熟」。模仿著你崇拜的那種大人，試圖去
走他的路，與複製他的成功。

行為思考跟當時年齡不符的我內心暗自偷偷地崩潰，不向家
人表達渴望被關心，不再參與同齡的話題，於是失去了安全
感，失去了愛，失去了童趣。

但我的內在小孩卻從未真正的明白，這真的是我渴望的嗎？
或者這對自己而言，只是個快要扛不住的責任呢？

神奇的 30 歲給了我心靈成熟的力量。

原來，為了要「像大人」，潛意識將拚命反抗的內心藏了起來，導致整個成長過程中，我並沒有真正滿足自己內心所需。

每個年齡層的你，快樂嗎？

不要害怕，只要感受每一個開心的時刻，都是真心的就好了。

其他的交給時間，交給你與自己對談的時間。

傾聽心裡的聲音，然後慢慢長大，就可以了。

慵懶的下午

慵懶的下午
配一首情緒複雜的音樂
做點家事
用刮水器加上玻璃清潔噴霧
把那扇大落地窗
刮開油膜灰塵
恢復一片透亮

一邊想想自己
是個怎麼樣的人
對在乎的事情很正經八百
很有效率很敏銳很嚴肅
對沒想過的事情
放得很鬆看得很開
有時候有點鬧有點遲鈍有點緩慢
有時候被認為過分聰明敏銳
有時候被覺得怎麼這麼笨這麼遲鈍

這麼可能最親近我的原料
可能有一員聽送情我心

為自己在雨中跳舞

很多人說，我很正能量，因為我時常在社群上發雞湯文。
但其實我不是。

當我發雞湯文的時候，都是在安慰我自己。
越傷心難過，越常見我的雞湯文。

在長大的路上來來去去多少人事物，你漸漸不再大驚小怪，
不再容易感到快樂，甚至容易為失去而害怕感傷，過於用力
抓住一切。

直到前幾年，我看見了一段話：
Life isn't about waiting for the storm to pass. It's about
learning how to dance in the rain.

當時看見這段話，沒什麼感受，只是當拿來安慰自己的一段
雞湯文就發出去了。

但後來這句話不時在我內心出現，直到 31 歲前的某個雨天，

我沒來由地感到悲傷。

淋雨的瞬間，我覺得冷，覺得寂寞，覺得無助，好想好想找
到一把傘，或是一個屋簷能夠快點躲進去，最好能快點暖和
舒服。

突然，眼淚嘩啦嘩啦，沒來由地。

就在大哭一場後，心裡的雨停下來了。

我想起 16 歲一次難忘的淋雨，在高雄鳳山市區，黑壓壓空蕩
蕩的巷子，我坐在摩托車後座，快到家時，突然一場大雨。

我索性下車，一路邊笑邊跑著回家。我感到自由。
我依然感到快樂。

我突然明白這段格言的意義。為什麼同一件事發生，會有這
麼不一樣的感受？差別只是一個念頭。

不需要因為一件不夠順心的事情讓自己這麼難受，有些事根本不重要，重要的是我們看待每件事情的角度。

那天起，我不再為難自己。

我願意為自己在雨中跳舞，盡情地跳一個最像我自己的舞。
很浪漫吧！

轉念，讓我在 31 歲這年，贏（迎）到了人生中第一個刺青。

Dancing in the rain

Sep. 1989

樂觀的自卑者

樂觀的自卑者。

妳笑、妳飛、妳轉圈，
但妳卻總是只看見別人笑得美、
別人飛得高、別人轉比較多圈，
好像老是忘了好好看見自己
笑得很真實、飛得很自在、轉得很努力。

而妳的心卻只看見別人最美的樣子，
看不見自己的好。
當別人稱讚妳時，妳開心卻不全然相信，
心中知道這不是謙虛，是不敢肯定自己。

但親愛的妳，
別沮喪，別像沒曬到太陽的花兒把頭垂下。
請相信自己背上重重的殼，雖然爬得慢但很堅強。
別人那些耀眼的光芒妳也有的啊。
走到無人之境也不要害怕，也許這就是妳感到安全的地方。

太陽升起落下，這是不變的道理呀！

妳願不願意去發現日出日落的時刻，妳心裡的變化？

只肯等待難得一見的流星雨嗎？

不如上山去認識滿天星空上星座的位置，了解浩瀚的宇宙也不錯呀！

妳好嗎？

妳好你好。

單純與複雜

Conditional + result → expressing regrets

我說啊，長大後要造句，是不是思考變複雜了呢？
不過是用條件與結果造句來表示後悔，可是每一次造句時我
都卡關。

因為覺得只有某一項條件不足以構成這個結果，然後就想了
半天。

舉例來說：
If I had studied for the test, I would have passed.

如此單純的一句，我卻想得過於複雜。

如果我讀了書，卻因為太緊張沒寫完考卷怎麼辦？
如果我讀了書，卻不小心寫錯怎麼辦？
那就不一定會通過考試啊。

我說邵小姐啊，努力是基本條件，雖然結果不盡相同，都可能會出現後悔及遺憾。

但妳現在上的是英文課，不是文學或哲學課，就單純點吧，豬頭！

浴室的水垢

我總在思緒混亂時洗刷浴室的水垢，不靠任何的清潔劑，就用我與我手中的那個刷子。

我不確定這是什麼樣的心理連結，但很清楚我只想靠自己與刷子把水垢除掉。音樂的節奏越快或是越重，我的思緒就越快也越複雜，連帶我的手也刷得越快越用力。

原來刷水垢就像刷掉我稍微負面的心情。

疫情期間，我和大家一樣盡量待在家沒怎麼出門。演藝圈幾乎全面停擺，所有的檔期也跟著亂七八糟不在計畫中。老實說我好像不是特別的煩惱，工作的關卡我應該已經算是過了不少關。

就像超級瑪利一樣，救了不少次公主，然後公主又會再被抓走，然後又要再去救她，一直一直一直反覆下去。

人生也是一樣，總是有非常多的煩惱等待自己去拯救。

偏題了，我想說的是「我是個非常重視心靈層面的人」，這一點讓我頗為困擾。

昨天與友人聊天，問他在疫情下都做些什麼事情讓自己保持心情愉快。他說整理一堆沒有要用的東西，標價以後拿去拍賣，每次大約都只能賺到幾百元，然後他再拿這幾百元去買更好的牌子，他覺得很爽快。或者是開車出去找自己喜歡吃的餐廳買外賣，再開到一個風景很好的地方坐在車裡吃外賣，然後開車回家。我突然羨慕起如此可愛知足的他。

經歷過經濟壓力的關卡後，公主會再次被抓走，給你不同的困難挑戰。

穿著堅強外衣的人，要如何告訴大家自己也有所需求？
這樣說吧，你覺得超級瑪利需要被關心嗎？

我刷著水垢，想到這裡又想到那裡，試圖給自己答案然後再試圖推翻。

有趣的是，最後我沒想出答案。反正人生就是這樣，總有更大的煩惱會來找你，結果小煩惱也不算什麼了。眼前的刷子與我與水垢成了此刻最重要的事情。

好多人說我是充滿正能量的人，我想說其實我不是，但我接受去拯救公主並且幹掉魔王，也許這才是能夠在心靈層面上滿足我的事情。

Do something and do your best.

我們都一樣，時常需要別人也時常希望被需要。
對你而言有意義的事盡力做到最好，對我而言這就是永久不變的解答。

有煩惱嗎？你能成為你自己最好的清潔工，想像自己是超級瑪利救公主，刷完水垢，整理完心情，也是一件值得驕傲的事情。

無眠

也許是看了太多自己的新聞，
也許是因為現在飾演的女孩是個 dreamer，
突然有好多回憶湧來。
七年前毫無方向獨自來到台北，
有一餐沒一餐的，只想努力生存，
在演藝圈的邊緣眺望。

因為賺不到生活費，差點真的因為餓肚子，
瘦到腿快要斷掉。
跑去五分埔批貨，自己做網拍賣衣服，
一個人挑貨、扛貨、熨衣服、化妝、自己當攝影師自拍，
架網站當銷售員，當然還要寄貨，
也曾一直變賣自己身上有的東西，
獨自搬家，
不想告訴家人自己的狀況，不想讓他們擔心。
我在台北可以說是真的沒有朋友。
為了成為自己認同的人，
為了成為可以讓家人依靠的人，

我有很多無法解釋的任性或倔強，
跌跌撞撞地尋找方向。

現在回顧起來，覺得特別值得。
我很幸運，即使我不是最棒的，
大家仍然給我很多機會去努力。
現在的我知道方向，也更踏實地往那方向前進。
但同樣的，路上會遇到什麼，
我一樣無法預測，
只能在前行的過程中快速成長。
跌倒了，要比以前更有力量地站起來。
受傷了，要知道如何包紮且快速復原。
長高一點，眺望更高更遠。
長寬一點，心境更平和。
OK，身為一個夢想家，或工作狂，
竭盡所能，加油。

大家不會都喜歡自己，

可是那並不是我活成自己討厭的樣子。

以上，就是答案。

快樂時光

快樂的時光
都存在生活的小細節
比方說
找到相機裡面的玩具模式
然後不停試拍出不一樣的照片
比方說
貓咪窩在淋浴間被我趕出來時
哼了我一聲
比方說
狗狗在我回家時狂撲我的腿
然後看飼料機提醒牠要吃飯
比方說
期待看一場電影但發現不好看
之後那段碎碎唸的過程
比方說
回家獲得了熱熱的飯菜
但有五人份感覺永遠吃不完，很想笑

時光時光

沒有消失

你存在我腦袋的記憶體裡

拼圖

我喜歡玩拼圖，為什麼喜歡我從來都沒想過，拼完後帶給我什麼影響或感受，我也從來都沒注意過。

但今天好像全部都感覺到了。

大家都有玩拼圖的經驗吧！
第一件事就是把邊框全部找出來，再把顏色做分類，然後依據同色處不同特色形狀的地方細分出來，最後才是把不同的部分組裝起來。在這過程中會發現有些拼圖實在太像了，但就是合不起來，或者看起來好像能合起來的暫時先把他們合起來了，最後卻怎麼拼都不對，才確定那塊是錯的。或是一度放棄，把拼圖擺著，不知道過了多久才又拾起它，讓它成為完整的一幅拼圖。

要好好把它裱框起來還是全部打散收回盒子，這又是另一個選擇。

嗯……這次在拼的時候，突然冒出了非常多的感覺。

也許是最近選的圖案都符合心裡的某些失落或缺點。

我喜歡選一些童趣的圖案，但背後的意義都是一種脆弱。有一幅是幾米的「我不是完美的小孩：郝完美小姐」；另一個是長得很可怕的小怪獸，個性卻非常害羞，不好意思主動與別人打招呼，所以寫在牆上希望有人發現能與他做朋友。

玩拼圖就好像是我的人格養成過程，出生後認識的世界是先有了一個框架，然後看到很多大塊的顏色但無法一一了解，於是學習去分辨差別在哪裡，再把邏輯慢慢地組起來成為一個大塊的形狀。

被不同顏色吸引的我，再到那個地方學習，組裝起來。

無論是朋友或興趣就像不同顏色的區塊，在拼湊的過程中偶爾會碰壁，以為同顏色的就是一輩子好朋友，結果最後還是因為特色不同而分道揚鑣。

顏色與特色形狀太相似的，以為是一輩子的老公，最後才發現只是暫時的男朋友。

拼湊的路上也許太過痛苦，索性放棄尋找答案，放棄學習，不再動它。不知道過多久會碰巧遇上對的那塊拼圖，出現了動力，又可以繼續開始，最後總算完成了人生的故事，拼成了完整的自己。但結局是珍惜自己，把自己裱框起來保護好，還是放棄了自己，全部打散歸零？

或者結局沒這麼完美，就是有幾塊不見的拼圖再也找不到了。你會試圖找到或者要到這塊拼圖，還是成就一個不完美的完美？

這次拼圖腦袋跑出了這麼多想法，我真的好驚喜。原來我正在組裝我自己。近朱者赤，近墨者黑，偶爾我會陷在某些色塊之間無法自拔，或者鬼打牆一直遇到同樣的問題。
過一陣子思緒清楚了，才知道原來整個搞錯。

每個人都有很多不同的方式來認識自己，我也意外地找到了另一種方式。

曾經有一次我拼完之後，發現少了一塊，完全把我的完美主義給擊潰，花了好一段時間才能換個方向思考。那心情我永遠也不會忘記。

我會一輩子記得那次的崩潰與不完美，反而好像完整了我心中的某一塊，放下了心中曾經不完美的某些事。裱框後，少的那一塊卻成為我印象最深的一幅拼圖，其實也滿有趣的。

其實選擇都在我們的手上，對與錯都是個過程。
結局是否完美也都不重要，能夠盡力完整了自己，回過頭看才是最美的故事。

親愛的大人

親愛的大人，我永遠都是你們的孩子。

我愛你們就像隨時需要呼吸也一定要吃飯喝水一樣自然又必然，我想你們也一樣這樣愛著我，因為我們的血脈如此直接相通，但我們的心意卻經常不通。

親愛的大人，你們可曾想過孩子對於你們來說是哪一種存在？是一個未來的冀望？還是快樂平安地長大？你們是否想過緊緊抓著的並不是我們的手或是我們的幸福，而是你們的盼望？

親愛的大人，如果可以，我願意讓你們感到驕傲，我願意成為你們的冀望，我願我們一生都能心意相通。但我是一個獨立的個體，我是一個有思想、有意義的存在，我希望自己跌倒自己學會爬起來，我希望為自己的失敗負起責任，我希望就算不是你們心中想像的孩子，我依然是你們關心的人。

親愛的大人，關心是一件很難拿捏的事情，我明白，如同我想關心你們，卻不知道從何關心起。但我真的好想告訴你們，

否定孩子、無盡的責難、用責罵代替關心，也許會造成孩子未來一生的沒自信或者自卑。我想，這也不是你們期盼的。適時的關心、適時的放手、互相尊重、偶爾擁抱與稱讚，我相信我們的關係會變得很不一樣，就像我努力學習理解責罵就是一種關心，用玩笑與期盼的方式試圖改變這個模式，再也不過於認真地與你們爭執，因為我愛你們。

親愛的大人，我希望你們看見一直以來我有多努力想成為你們的驕傲。我拚命的工作賺錢，試圖面面俱到，希望新聞出來都是好話，不讓你們受傷或是難受。我真的好盡力好盡力地想做到這一切，但現實偶爾不會讓我如願，我也為了要成為你們的驕傲而感到辛苦以及不快樂。

親愛的大人啊，你們想要一個什麼樣的孩子呢？
偶爾我也毫無頭緒，直到我也成為了大人……

我了解這是你們愛的表現，有多少責難就有多少關心。我了解大人是害怕孩子跌倒受傷，了解你們會心疼，了解那個年

代的你們都是這樣長大，所以自然用你們所學到的方式來愛孩子。

一路上，我也不停嘗試用各種方式來面對你們，直到長大。

現在我明白我不一定能改變你們，但我可以改變自己，可以用我的力量傳達給一些大人們，讓他們了解，當感受到孩子在努力時請鼓勵他。即使沒考到大人心中想要的學校，他還是會有很多不同發展的可能，即使剛好沒能成為讓你驕傲的孩子，他依然是一個愛著你們而且想快樂長大的孩子。

親愛的大人，謝謝你們的養育栽培，辛苦了。我會努力，但能不能偶爾給我一個鼓勵，一個溫暖的擁抱呢？

勉強

有時候勉強不是件壞事
可能你累一點卻換到了多學一些
可能你累一點卻換到了家人的快樂
反向地
這些也是支撐你前進的動力

「勉強」用在某些時候和地方，其實滿好的。

潛

／窒息

這大概是我 30 歲後第一次感受到的心情，質疑自己長大了，
是否不如曾經預期的那樣精彩。

因此失落甚至開始懷疑自己曾經做的一切是否值得，或是在
哪一步選錯了路？

當然，要在 29 歲跨 30 歲的一夕之間就改變，根本就是一件
不可能的事情。我老是說我是一個不曾後悔過什麼的人。

事實上，我每一天都在後悔，後悔每一天做了什麼事，會不
會做得太過頭，後悔自己的講話方式是不是太過隨便。

但總之，這只不過是我面對自己的每一天。

其實真正過去的事情，我只保持感謝。
就像是你轉了一個彎、踩到一顆石頭跌倒後，下次你會更注

意每一次轉彎，因此這個跌倒似乎是個學習，這麼一想也就不算什麼了。

但我當然不是要你感謝這顆石頭，畢竟它也不是什麼讓你成長的東西。

欸，這個道理套在所有讓人不悅的前任也是通用的。不用感謝他，但感謝這個關卡讓你變成更了解自己的人。

／潛

那什麼是潛呢？對我而言是「窒息」，也是「屏息」。

這個討論到當我拍攝《2049：完美預測》的時候，第一次學自由潛水。因為戲劇的需求，沒面鏡也沒有蛙鞋，更不是穿防寒衣而是一般便服。

別說潛水了，我連游泳都不會。

是什麼讓我答應接下這個工作呢？是我想要完成這個角色的企圖心吧！我知道，為了演這個角色，我一定可以克服這一切，心無旁騖，沒有也許！就是一定要會，一定得行！所以我提早展開了這個練習。

我先學會靜態閉氣，再不太協調地學會了游泳，接著下潛。

第一個遇到的困難就是鼻子進水和水壓讓耳朵很痛，慌張到讓我的血氧快速下降，每一刻都很窒息，無助害怕到很想浮出水面，恨不得大口大口地呼吸。這種窒息會讓人想放棄，就像轉彎跌倒時，擦傷破皮流了很多血，腎上腺素狂飆後的疲倦，很想好好休息的感覺。

那時候的窒息感，是在水下三米處橫膈膜與喉嚨間不時的抽搐，彷彿連自己想倉皇逃走的心跳都感覺到了。

／屏息

就這樣經過了好多次轉彎，踢到石頭跌倒流血再爬起來，直
到知道轉彎時要注意石頭，到最後把石頭踢開繼續跑。

總算我的潛水歷程到達了「屏息」。

屏息以待，心跳平穩地感受水中的寧靜，貌似我的青春都在
這個屏息中度過了三十年。

就在這時候我明白，學潛水的心情就像我面對 30 歲以後的
感受。

從窒息到屏息。
我是感謝的，感謝這個對未知充滿刺的我。
把刺一一拔掉之後感覺到溫暖又自在。

30 坪外的世界，30 坪裡的我

我有個很大的落地窗，每天都能看到天氣和景色。
但像這樣連續兩個月從早看到晚的日子，其實還是有些讓人
害怕。

那是 30 坪以外的世界呀，我不禁想著，能不能再次安心地
回到那個又近又遠的城市。

三級警戒，心裡像是原地打陀螺一樣，高速運轉卻停滯不前。
太過焦慮害怕了嗎？工作狂的心要如何暫時停下？

還有好多想完成的事情都擺著，工作一個個延後甚至取消。
其實我也是挺慌的，但公眾人物總是要給點正能量，只好靜
靜地感受我的焦慮而選擇不開口。

坐在沙發上，脖子老是慣性的往右轉，瞄一眼外頭的變化。
我窗外的世界有山，也有新北市與台北市。

不時能看到老鷹忽近忽遠地盤旋，也能立即知道戶外的溼度

在這兩個月的時間裡，我漸漸地把目光轉回自己身上，反而
平靜了過於躁動的內心。
30 坪外與 30 坪裡的我開始找到了一種平衡。

放空吧，偶爾就這麼隨性地放任自己，有何不可呢？
現在想念外面世界的精彩，等世界健康了以後，也許更會想
念此刻的自己。

這樣自我了解的過程，可不是常有機會能夠找到的。

其實擁有的多或擁有的少的人，都會焦慮。
只是焦慮的事物不同。

每個人都會發生，這條路上你絕對不孤單，我也還在奮戰
呢！

致，一直過於努力的妳

2020 年 6 月 19 日，失眠，發了一篇文章：

難得失眠，可能感覺太多……

這星期密集排練下來，真的很感謝大家。
演了將近十年的戲，不管是大小螢幕。
這三年來在劇組，感到自在且安心。
剛進劇場排練時，突然又變回新人一樣，
緊張又害怕，以及排山倒海的壓力，
變得像木頭人般無法自由呼吸動彈。

但這陣子，無論是前輩們的教導，
還是同輩演員們的幫忙，
讓我邁開了步伐不再故步自封，
感受著呼吸以及全心投入。
我真的覺得很幸福。
明天過後，就是劇場週了。

我現在不是只有緊張和慌亂，
是緊張興奮與期待，
全部都要謝謝與我同在的大家。
我很不會講話也很容易有尷尬病，
但我很愛你們。

接下來的劇場週，我們一起加油。
也請再多多指教。

———

那時有人在我即將第一次上台前告訴我：「夠努力了，不用
加油，開心去玩就好！」

對當時的我來說，這句話很是震撼。可以嗎？不用加油嗎？
開心玩就好嗎？

我心中滿是疑惑以及不安，好怕我沒加油就失去了什麼，好

怕看不見在努力的盡頭等著我的是什麼。

帶著未知和不安，只能緊緊抓住我唯一擁有的加油。
於是我一直處在不安裡。

我試想著，這個不安的加油讓我得到了什麼？
焦慮、沒自信、沒安全感、沒辦法活在當下。

喔⋯⋯我好像明白了。
原來，自信就是在夠努力後玩出來的。

我想起電影《舞孃俱樂部》裡的一句台詞：「妳不會是永遠
的菜鳥。」

漸漸懂了，不用再為不安加油，把所學的一切盡情揮灑，享
受舞台帶來的滿足。那個光彩，絕對是不安給不了的，而我，
不會是永遠的菜鳥。

感謝送我這句話的主人。

「夠努力了，不用加油，開心去玩就好！」

它現在成了我給自己的精神糧食。
我現在，也把它送給那些過於努力的人。
你值得為自己享受快樂。

是我非我

某一年的北海道，用傻瓜相機像傻瓜到處拍拍走走，
其實滿美的也滿傻的。
當初的心情，應該是很難忘記。

照片這次一起洗出來了，好喜歡底片。

一個人會擁有多少面向

一個人會擁有多少面向？
我自己的答案是「不知道」。

在不同的心情遇到不同的人，被動或主動告知不同人自己的
心情時，大概會出現至少八種面向。

但，這都是我。

對於要照顧或保護的人，會自動堅強起來，面對並且安撫。
對於能幫助處理問題的人，會腦筋突然很清晰又積極。
對於來不及處理的噓寒問暖，只好先暫時擱著。
對於心靈依靠的人，只要感受到關心及溫暖，感受就會止不
住地湧出。

大概你也能明白。

不是樂觀的人一直都只會笑，不是憂鬱的人都只能悲傷。
不是堅強的人都不需要依靠，不是脆弱的人就負不起責任。

不是聰明的人都沒傻過，不是所有的自拍照都是被自己記錄
下來的。

感謝每一個身邊的人，能讓我展現出不同的自己。

你愛上哪個我？

自己是什麼

自己是什麼？

現代人總會在文章裡下一些做自己的標題，內文大概會出現
「勇敢做自己啊」，或者是「找到做自己的態度呀」之類的
話。

一度我也深信不疑，並且認真地放下某些時間、精神、金錢，
用力地試著做自己。

但自己，到底是什麼？

表現夠特別才是做自己？
把內心想像的很多事情全部實現才是做自己？
隨心所欲做事就是做自己？

OK，我在做自己的路上迷路了。
而且越陷越深。

在找自己的過程中，發現我找不到多特別的事要做，所以就
不是做自己？
發現想像的事情沒辦法一一完成，就不是做自己？
替別人著想些什麼而不能隨心所欲，就不是做自己？

這個世代好像沒有「做自己」就是不成功的。於是，我又更
沒自信了。

到底是文字的使用太強烈，還是我過度解讀，或者是這個被
過分氾濫使用的字眼，造成了我對世界的一場誤會？

這場誤會又得要經歷個幾年，才能慢慢地一個一個被破解。

其實不是什麼都要把自己做出來給誰看，是你能真正接受自
己，是為自己而笑的那一刻。

哪有每個人都是最特別的人？

你接受自己是不錯的，就很厲害了。

完全隨心所欲的人，那很自私吧？

我就是不那麼自私的人，也很好啊。

把內心創作的想像慢慢實現，認真踩穩每一步，對我來說會
更好。

用開放的心情看待每個人、每件事，就能自在。

我還在學。

這也是別人教我的一段話。

幸好，我現在不卡關了。

以後一定還有什麼課題等著我，但管他的，現在比較重要，
以後的卡關以後再說。

那些女孩們

在演藝圈總是會遇到形形色色的人，每個人擅長的各不相同，但有著相同的眼神，閃閃發亮的那種。做自己喜歡的事或是為自己堅持的理想努力的人們，聊起天來讓人心裡也跟著充滿了衝勁。

最近認識了兩個女孩，先聊第一個，23 歲的理事長 Vivi。

小紅帽協會理事長，促進大眾認識「月經貧窮」、「月經汙名化」、「月經不平等」等議題，也到各地與學校或單位合作，讓小朋友認識女生變成女人的過程。

正在工作的我，任務是當小老師協助教導小朋友，而我卻認真聽課聽到嘴巴開開。

與 Vivi 簡單聊了一下，發現她的世界觀寬廣而溫暖，她的 23 歲已經開始為社會大眾盡心力。

反觀我自己的 23 歲，為求生存而混亂無比。

另一個女孩就叫她 Windy 吧。28 歲。

她像一陣微風，也能當一陣狂風或龍捲風。
她是個熱愛生命與自由的女孩，用各種好奇心與熱情看世界，對喜歡事情的堅持可以讓她放下眼前很棒的條件，義無反顧地去做。她對待每個人像孩子般熱切可愛，她的興趣從上山到下海都能鉅細靡遺和你分享。她的眼神裡有種生命力，會傳染給身邊的人，讓人一起大笑或者大哭，她不聊天時也能靜靜地發呆。

而 28 歲的我才剛剛開始學習真正認識自己。

13 歲時大聲吶喊。
23 歲輕聲吶喊。
33 歲無聲吶喊。
不再只是說，而是立刻去執行、去嘗試、去瘋、去笑。

雖然看著這些閃閃發亮的妹妹既羨慕又為她們讚嘆，卻不會

讓自己因此自嘆不如。

學習的每一步其實都不晚，妳有妳的我有我的她有她的故事，這些故事遇見以後成為了一個生產鏈，互相連結了起來。

不知道是不是這些人的感染力太強了呢？我深切地了解到，原來喜歡和欣賞同性或異性，感受都是一樣的，那種喜歡會想珍惜，也會想跟上他們的腳步，一起前往想去的地方，那種感覺真是太好了。

世界為你下了一場大雨

細數人生中遇見的某些對自己有特殊意義的人,有些好的、不好的影響,也有無論好壞你都不會後悔相遇的人。甚至一個路過的人說出的一句話,都有可能改變了你的一生。

這些人的出現,就像一滴滴雨水落在身上,像是世界為我下了一場大雨,每一滴雨都有能量,傷害了我也滋養了我。

今天早上打開粉絲專頁的訊息,看見一個熟悉的小粉絲,留了一篇文字給我。

「Dear 雨薇

好久不見!沒想到上次見面已經是四月的演唱會了
嘿對!今天 18 歲的生日還是照慣例來跟你討個祝福了

在成年的這天也有好多話想跟你說
你在我的少年時期真的扮演很重要的角色

時間真的過得好快好快

當初第一次見到你本人的時候才國一（華劇大賞）

不知道你還記不記得

微雨宣傳期的時候，我和你曾經在電台節目合唱

這真的是我從沒想過的一天，到現在仍難以忘懷

其實那天也是我很重要的一個日子

國中的畢業典禮、高中放榜的日子

在結束後簽名的時候，我跟你說了我沒考上心中的第一志願

你和我說：沒考上也沒關係，可以參加社團培養興趣也不賴

於是我加入了大眾傳播社，開始拍影片、演戲，還當了幹部

還拍了微電影、自己寫的劇本自己演、剪輯

在社團裡面兩年的經歷真的獲益良多

絕對是高中旅程裡最難忘的一段

講到這，其實是想感謝你那時候的這番話

也許你不記得了，但這真的影響了我好多好多

即便現在因為疫情、生活的忙碌，沒辦法常常參加你的活動

這些回憶仍時不時在我心中響起

很謝謝你豐富了我的少年時期，也帶給我好多能量
從那時候的國中屁孩，到現在已經高三
明年一月要面對學測考試了
心境上面好像也漸漸改變，對自己的未來也不那麼迷惘了

最後，謝謝我永遠的心靈導師！一起加油！」

看完這篇留言，我感覺到自己是他人生中那一場雨的其中一滴，在某個時刻滋養了他。而這個回饋給我的留言也成了一滴雨，給了我力量去鼓勵更多人。

言語和文字，有溫度、有能量，有用心與不經意，有鼓勵也會有殺傷力。

出現在你身旁的那些讓你難受的人事物，就算你現在感到受傷，未來或許你還是會討厭他，但可能也會反過來感謝他。反轉的例子在我身上真的多到數不完。那一滴滴曾經讓我著涼的雨，在多年過後看來，其實讓我增強了抵抗力。當然還

是有些雨偏酸，長大後能避開還是煩請各位盡量避開酸雨。

我們都是他人人生中的一滴雨，都可能為彼此留下了些什麼。滋養或是傷害，你想為別人留下些什麼呢？

恐懼

你一天花多少時間與恐懼對談？
或者你從不與恐懼對談？
我覺得勇氣是從恐懼裡長出來的芽。
勇氣的芽一路上會帶你做出一連串的選擇，
並且結出最後的果實。

必須說我也很討厭面對恐懼。
但找到勇氣的那一刻，
我有真正的感謝我自己，
讓自己發芽茁壯，結成果實。

不管果實是酸還是甜，都成為了養分。
誠實的面對自己滿酷的。

我是誰？

要多久，我才能認同自己的某些身分？

我經常這樣問我自己。

要自信地說出自己是演員，並沒有這麼容易。

如同我現在跟大家說我是作家一樣。

不知道在閱讀這本書的你，是否和我一樣不夠自信？常常在人群裡獨自觀望那些外表亮麗又充滿才華的人們，不好意思開口聊天？

這本書沒有要教你這些。

只需要在偶爾寧靜的片刻思考：「我是誰？」

其實沒什麼人是完美的，在光鮮亮麗的表象之下，誰知道誰在煩惱什麼呢？

很幸運地，我找到喜歡的工作，能夠成為演員真的太幸運了。雖然要承受角色給自己的負面情緒，有時壓力大到身體出現某些狀況，但我還是從一次次的負能量裡找回我是誰。雖然我也還沒有成為心中完美的模樣，但至少我知道自己就在這

條路上，才會有這本書的誕生，與你們分享。

我們不需要強迫自己去學什麼，強迫來的思考對內心並不誠實，也許還會產生反效果。你只要誠實地面對自己的每一個大小情緒。

打個比方：我喜歡看每個人的優點，曾經的我會把這些優點無限放大，以顯得自己有多渺小，導致我不敢輕易開口聊天、交朋友。

說是害羞，其實是沒自信。

我想我也不是孤單的，很多人都會這樣的吧？
但我承認，我也會有羨慕的情緒，偶爾也會對以前的經歷導致沒自信而感到不滿，或是埋怨自己擁有的不夠。

「羨慕、不滿、埋怨」，這是我在我身上發現的的情緒！
其實我滿喜歡「羨慕」的，表示我們欣賞別人，同時也想讓

自己更好。但不滿與埋怨可以得到什麼？
當我這樣問自己時，答案就出來了。
這時我就會了解到自己很幸運。

很多不好的情緒其實都是我們對自己不夠負責任，這種情緒
感染到別人，引起爭吵，然後陷入無限惡性循環；要是壓不
住情緒，口出惡言，結果更糟。

嗯，越講越佛系了。但對我來說，認識自己的情緒是伴隨著
經歷而產生的福袋，一打開是琳琅滿目的自我療癒小禮包。

別人是誰並不重要，重要的是「我是誰」。
我喜歡思考，思考關於自己的事。
我喜歡演戲，喜歡分享我的心情。
小時候我是埋怨多於快樂的孩子，現在是想要好好照顧自己
的女人。

你呢？

自我毀滅不是一天造成的

自我毀滅不是一天造成的……

像是《令人討厭的松子的一生》，極力討好的人生，成為了
自我毀滅的起點。如果討好只是為了被愛，期望極力討好後
能得到回應，若是沒有得到回應就會極端的失望。

嘿，發現了嗎？你失去了自己以及你人生的掌控權，你所有
的喜怒哀樂都要靠別人給你，於是只好當個戰戰兢兢的生存
者，努力迎合別人所需。

你的存在，不是為了迎合別人。

人類是群體動物，我們確實需要陪伴、被愛與稱讚。
但付出的本質不該是純粹要求回饋，而是努力過後就算沒有
回饋也不會有遺憾。

我們需要先聆聽自己。
歸零。

你心中喜歡的內在和外型是什麼樣子？

外貌變了，心情會跟著轉變。
我相信，但不是把自己變成不屬於自己自在的樣子，比方說，
花很多錢穿厲害的牌子在身上。

其實運動會感到快樂，學會新的才藝會感到快樂，偶爾為自
己買一個自己真正喜歡的東西會感到快樂，與你真正契合的
朋友相處會感到快樂，為別人做一些好事會感到快樂。

其實我們很容易感到快樂，只是我們沒認真地去感受它。
然後不知不覺地發現，原來這就是愛自己，從外而內或從內
而外都可以。

不置可否，我們也容易感受到不快樂。
一百種孤單感籠罩，生活現實層面的壓力，或是沒來由地心
情低落……

試著問問自己，真的有這麼委屈嗎？
真的有這麼嚴重嗎？

若真的有，請你為自己奮戰發聲，還要好好安慰自己。
若是沒有，就告訴自己，沒關係，其實沒這麼嚴重。轉個念，
情緒就莫名其妙不見了。

或者是看個可以痛哭的電影，把角色裡的悲傷一起痛過哭過
一回。（這對我很有效啦）

我允許自己低落一陣子，然後必須要打起精神繼續往前行。

《令人討厭的松子的一生》是我小時候看的電影，當時只感
覺到震撼，覺得松子很傻，現在卻替松子感到無比心疼。

歸零吧，就這麼一次的一生，怎麼樣也要為自己努力活一回。

不容易

總在不容易中
找尋歡笑的模式。

你說，你不想成為你心中討厭的大人。
我說，我想成為我心中想成為的大人。

「不想」太累人，
總是要小心翼翼躲避「不想」的東西，也許你會更不快樂。

「想」只要衝過去就好，
一路上的障礙或跌倒可能會讓你離「想」更近，所以你能承
受跌倒。

因為這個邏輯想法
被封了一個聰明蛋的稱號，
但你知道嗎？
這是跌倒太多次，為了安撫自己才能體悟的話。
我想和你們分享，希望你們不要跌太多次。

姐的勇氣值很高，有練過。

今天就拿聰明卡覆蓋這一局，結束這一回合。

寂寞抽久了會傷身

那天在小酒館，她說：「『哥抽的不是菸，是寂寞。』最好是喔。」她翻個白眼以示誠懇。

16 歲時她失戀，就學當時那個讓她心碎的男生抽菸。
他抽的紅色萬寶龍又濃又嗆。

失戀第一天，她哭著找朋友要一樣的香菸，偷偷在路邊抽了一口，嗆到整個器官都要咳出來了，但還是邊哭邊抽。
她說：「當時的我確定我抽的不是菸，是寂寞！沒錯。」

之後她再也沒想要抽菸了，畢竟從小對菸味敏感，二手菸讓她喉嚨痛又特別頭暈。再下一次遇到菸是 19 歲，又是遇到一個男朋友說要為她戒菸但是沒成功，還為了自己身上不時飄散的菸味說了一個謊，再用一百個謊來圓這一個謊。

每次她都半信半疑，畢竟他抽不抽菸，對女孩來說，也不會怎麼樣。

有次她真心地勸他：「我看到你包包裡有菸，不要騙我了沒關係，我真的沒有要你戒菸啊！」
他說：「可是妳不喜歡菸味。我想讓妳開心，為妳戒菸。」
我：「與其被你騙，我寧願你躲遠一點抽就好了。不然我陪你抽，再陪你戒。」

「OK，當時我又想當拯救者。」她苦笑著說：「現在 32 歲的我，如果能許願的話，我要回到 19 歲那一年狠狠地 K 一下自己的頭。」

「從那時開始，我抽的是拯救、是陪伴、是體貼，其實抽的根本就是菸癮。我也戒不掉了，fuck！」

只覺得好玩，很有自信地以為自己能說放就放，以為像一場戀愛遊戲。結果，菸跟她，就這樣賴上了。

即使連分手後都戒不掉，直到她 23 歲突然頓悟。
每天早上起床一直咳嗽為的是什麼？

整個房子都是她最討厭的菸味為的是什麼？
抽菸時吸到別人的二手煙，搞得喉嚨痛得要命，為的又是什麼？

「為什麼啊，我這個豬腦袋，我是豬。」
她暗罵自己一百萬遍，然後開始上網查要怎麼戒菸。

一開始用強迫法，心想有毅力就可以了吧？
結果不是，她開始自我憐憫，覺得自己真可憐，連抽根菸都不行。

這個毅力維持了兩個星期就再見了。她更確定，她抽的只是菸癮。

直到遇見了一本書，《一千萬人有效的戒菸方式》。

她笑說：「它是我的神，我真心誠意謝謝它救了我一命，擺脫了菸癮的控制。」

人有時候眞是自找麻煩的生物，小時候心情不好的時候根本不用抽菸就能排解，思考事情的時候也是咬咬筆或咬咬手，根本不需要菸。

結果，因為一個賭氣，她反而好幾年都離不開菸。
不是她在控制什麼時候抽菸，是菸控制她要什麼時候抽它。

那天，她在小酒館看著吸菸室裡抽著菸的人，喃喃自語。
「不知道你們能不能明白，但我眞心希望你們明白。寂寞抽久了會傷身，我們都別寂寞了，好嗎？」

不變的定律

永遠不變的定律是
一直改變
原來長大會既幼稚又成熟
既感性又理性

＃痠痛貼布的味道就很成熟

遺憾的定義

我對遺憾的定義，
大部分是用抱歉所組成。
對別人、對事的抱歉，
更多是對自己的抱歉。
抱歉不夠努力的結果而遺憾了。
抱歉我沒有勇氣面對而遺憾了。

為了明天的目標（無論人事物），
今天有勇氣地、努力地爭取了。
當今天再變成昨天時，
不管這個目標有沒有成功，
我都因為自己盡力過而無遺憾了。
而昨天再想起來變成一件開心的事，
大概是這樣的意思。

所以我為了明天，今天努力，又讓昨天變好了。

我不是我

「演員」是世界上最迷人的工作，可以找到我自已都意想不到的我……

剛開始出道時代言遊戲，發了單曲，拍了 MV，常常上節目宣傳，跑校園演唱，自己也很愛唱歌，也愛偶爾彈彈吉他，所以一直以為進入了這個五光十色的演藝圈，應該就是要當歌手！

於是我談了一些唱片公司，但就在那個時候，我有機會接觸演戲……雖然只是演了學生製片，卻深深開啓了我對演戲的熱情和愛。

一場家裡爸媽過世、我努力留下家裡的寵物店卻被哥哥拿去抵押、還跟我要錢的戲。沒想到體會別人的人生會有這麼大的感觸。

在拍戲的當下，我知道我想當演員一直演下去，我迷戀這個工作。

你們曾經想過當別人嗎？

曾經是個好人或是壞人嗎？

其實排除道德觀感後，好人和壞人大多是別人眼裡形成的。

嘗試不同角色以後，也更了解好人壞人並沒有這麼絕對。

壞人變壞不會沒有原因，好人也不會完全沒有嫉妒心。因此琢磨角色變成一件很有趣的事情……

細細地設定角色的背景和個性，把別人的故事串好，進而延伸到自己身上。我就這樣創造了一個活生生的人物，有血有淚，有喜有悲。

我不是我。這幾年，我算是馬不停蹄地一直在拍戲，出演了許多不同的角色，體驗了更多人的人生。

當我在拍攝一部戲時，整個人的個性和氛圍都會變得不太一樣。知道自己會因為戲讓個性有所改變時，我是害怕的，尤其是一放假的時候，人就空了，不太認識原本的邵雨薇會做

什麼事情當消遣……也許我到現在也還摸不明白。

但我非常珍惜和感謝,我能一直做我喜歡的事情當做事業,
無敵幸福。

羅賓・威廉斯

我非常喜歡的一部電影是《博物館驚魂夜》。

羅賓・威廉斯在裡面飾演了羅斯福總統，不知道是角色還是他本人特質，他在劇中給人的感覺有某種安定感。

還在期待續集，卻收到了他自殺的新聞，震撼了我的心靈。

也許是試圖安慰自己，我找了非常多部他主演的電影來看，也查了很多關於他的生平事蹟，直到我看了關於他的紀錄片《我心深處》。

我才知道，我了解的他只有冰山一角。用影迷的心態來了解他，實在是太少太少了。

「別讓你心中那一點點瘋狂的火熄滅了，因為熄滅了你就變得什麼也不是，那一點點瘋狂的火就是你活下去的理由。」

表演的欲望、對觀眾反饋的渴望、找到自我價值的瘋狂……

我知道，我完全明白他的瘋狂是為了什麼，而我的瘋狂也許
只是他的千萬分之一……

你有沒有想過，即使有錢也買不到的快樂是什麼？
健康的身體，滿足的心靈，被需要的自我價值。

一點點瘋狂的火裡面讓別人也看見希望，並且將別人點燃，
繼續把這盞燈照亮別人。

我在看這部紀錄片的時候不停地哭了，又笑了。

當思緒不停湧現、不停爆炸，卻沒有舞台宣洩自己。
當舞台越來越多、越來越大，卻發現思緒開始漸漸被掏空。
當人生已經到了無法控制，瘋狂到停不下來，開始把建立的
一切慢慢毀掉。

當工作變成了全部，再也找不回自己……

也許從快要餓死，到能夠讓自己過上富足的日子，都經歷過以後才能明白，每段時間都有每段時間的煩惱。傾盡全心的付出有時不是無私，而是過於自私地尋求價值感。

我不免在想，是否有時候，我們要試著練習釋放悲傷，而不是只忙著帶著微笑拚命在人前綻放，最後別人眼裡的光芒中，忽略掉了內心有時也是需要出口，迷了路，忘了自己。

身為影迷，我實在了解得太少。
自私地只希望你能繼續留下美好的作品給我們。

但這也是羅賓・威廉斯最渴望的瘋狂，將火苗傳給了我們繼續燃燒。

這不只是一部片的感想，更是我對人心的體會。就像奧運選手在場上為自己的家鄉爭取光榮時，你也開始為你的家鄉感覺到驕傲，感覺到希望與快樂。

即便只有千萬分之一，我都能切身感受，身為人，身為表演者。那一些些渴望掌聲的滿足感與失落感，以及永遠不願停留在原地綻放的心。

謝謝你，喜劇泰斗羅賓·威廉斯。

生命中的燦爛時光

突如其來的一天假，

讓我有機會看了《生命中的燦爛時光》。

「我們不會記得每一天，只會記得每個瞬間。」

「不要遺忘生命中各個細小的美好。」

「你是人生中的一道曙光。」

「清醒時夢想，黑暗中燦爛。」

以上這些是影評人為電影寫下的標語。

我好像無法用一句話講完，

但我明白了，

兩顆破碎的心，

試圖為另一方縫補時散發出了光芒。

我們無法全然，只能引領方向，

唯有自己才能真正救贖自己的心。

Be brave

Keep awake

Here I am

Your turn

當興趣成為工作時，我好像沒那麼快樂

看到標題的這句話，大家有一頭霧水嗎？

所有的文章都說，興趣當工作是最快樂的事啊！喜歡做的事情還能賺錢當然很開心，更何況能成為一輩子的事業。

但我的感受不太一樣，這樣說吧，我覺得能得到成就感的工作，一輩子工作起來才會快樂。

小時候我最喜歡唱歌跳舞，每次有節日，大樓中庭都會舉辦表演或者是比賽。我總會報名表演，然後把得到的禮物或禮金給媽媽。 還記得徐懷鈺最紅的時代，我和姊姊和表姊們總是會把歌全部背熟，然後到樓下中庭集合，分配好每個人要站的位置與負責的舞步。

因為我年紀最小，老是被排在最邊邊、最不起眼的位置，而且都唱不到幾句。但每次我們跑去表演給大人們看時，我還是感覺到非常快樂。

慢慢長大後，我收集了很多卡帶，有五月天、李心潔、張震嶽、任賢齊、蔡依林等等。一直到了 CD 時代，終於被我找到一張專輯裡面附有卡拉的 。

不知道大家記不記得 3EP 美少女？每個人的歌都有一首配樂卡拉。我把三個人分別的歌都練熟了之後，不知道哪來的想法，找了錄音用的隨身聽，放了空白錄音帶，就這樣，用音響放 CD 的卡拉，用隨身聽錄音，把自己唱歌都給錄了下來。唱一遍覺得不好聽，洗掉再錄一遍，來來回回檢查，反覆執行，總算錄完了。

我不太記得那時是幾歲了，只覺得當時的自己能想到這個方法錄自己的專輯簡直是天才。我興沖沖地將卡帶拿到班上分送給同學，還記得外殼上面寫著自己的名字「邵雨薇」。

不知道還有沒有同學記得？我也不知道我發了幾張出去。長大後自學吉他，隨心所欲地唱唱歌，也算是我對興趣的追求吧！輕鬆、享受，追求自己最喜歡的樣子、最快樂的自己。

以上大概是我對興趣的定義。

當興趣成為工作，在 30 歲，第一次發專輯，對於唱歌……

我還是很喜歡唱歌的，在某些部分也會有自己的堅持，但我再也不像以前一樣單純地快樂。

我開始發現自己喜歡做的事情需要為自己、為別人負責，銷量成績的壓力與對自我的不認同讓我開始崩壞。我記得某次演唱後，我開始有點討厭唱歌。對於這樣的心情我害怕極了。

一輩子都喜歡做的事情，在一年間完全毀滅。有一瞬間我不太認識我自己，把這份興趣推到九霄雲外。

低落了一陣子以後，我不停地思考這份情緒與原因。

原來我的興趣不是我能做到最好並且讓我得到最大成就感的事情。之前我用了一百分的沒自信面對別人，粉絲會替我加

油卻也會為我緊張。原來純粹的興趣不能成為一輩子的工作，但是若把這份興趣當成專業磨練，磨過的石子還是會閃閃發亮的呀！

就像 23 歲第一次開始演戲，那個讓我久久不能自己的心情，讓我一次又一次想努力詮釋好我的角色，即便路途上有很多困難與挫折，都不能阻擋我想繼續為這份工作努力的心情。

這是成就感所在。我的戲劇表演可以感動到一些人，可以讓我更認識我自己，可以讓對自己有疑問的人面對自己，解開疑惑。天哪，我真的好喜歡好喜歡演戲。

講到這裡，不是說我不喜歡唱歌了。在累積了好些日子的表演經驗後，能與台下的粉絲互動，用我對唱歌的熱情感染他們，也成了我最有成就感的事。

我順利破除自己的魔咒，現在上台表演成了讓我非常興奮的事情。

你呢？

要不要把興趣雕琢成專業，把這份熱情與感動分享給別人，
使它成為你永久的職業呢？

我愛妳們

2018.12.20

我想我會很難忘
這兩天在南投的心情。

在表演的時候，
我對最疼我的粉絲
說了我很愛她。
她哭了。
我在唱〈星月〉的時候，
我的助理小綠聽哭了，
因為昨天是她做我助理的最後一天。
晚上留下來在我妹新家住，
陪她弄弄家裡吃個飯，
今天陪她去上班，
看看她上班的環境，
看看她的同事，
幸好一切都很好。

我們一起聊了一個上午，
我開車的時候我妹哭了。

永遠無法忘記的眼淚，
我現在也哭了。
我突然覺得自己好重要。
能陪伴妳們的我很重要。

每個人都需要意義，
努力得來的，
可以和有意義的人分享，
心裡才能好滿足。
謝謝，
我們互相成為了對彼此有意義的人。
我愛妳們。♥

圓圓再見

《愛的 3.14159》是我表演多年來，最有感的一個角色，所以我想把這段話放在這裡，做個紀念。

圓圓的成長，不見得永遠美好，但那種真實，讓我在扮演她的時候覺得是切實存在的，彷彿是我的一部分。

2018.11.11

圓圓再見
跟著體驗了妳的十年
有笑有淚
有夢想也有被現實打敗
有奔向愛也有放棄過愛
有恨過也有釋懷
不成功中的快樂
成功中的不快樂
好多好多

人生是一種不斷選擇的題目

沒有標準答案

一步一步我們改變成不同的大人

但……別讓自己後悔

痛的時候痛快地哭別老是忍耐

無奈的時候甘願承擔不害怕

幸福的時候勇敢去愛別推開

快樂的時候就安心地放聲笑

妳的這十年，我陪妳度過

接下來，我們各自努力

趙圓滿再見，感謝妳。

喜歡是一種很玄的東西

看到一篇文章裡的某一段話，有一陣莫名的感動。

「既然這麼像，為何要分離？我無法回答你這個問題，
因為這就是人生。在漫長的一生中，有些人遇見，就是為了告別。」

感謝在青春裡讓我成長的人。

以上。

愛情的形成

愛情的形成是
有些人見三百次也沒用，
有些人見三次就足夠。
愛情的離去是
有些人說三百句也沒用，
有些人說三個字就足夠。

你在逃什麼呢？
是熱烈的愛情，
還是你的沒有勇氣。
妳在追什麼呢？
是旋風似的愛情，
還是妳的刻骨銘心。
大約在冬季時妳到來，
大約在冬季時你離去。

放不下又怎樣

很多人在感情上很難放下，我也是，特別念舊。

交往過幾段感情，分手的原因都不同，其中一種我一直都不相信，叫做「給不起對方需要的」。

愛就會為對方改變啊，愛就會各退一步啊，愛就會互相珍惜包容啊，不愛就不愛了哪有這麼多奇怪的理由啊。

直到現在我明白了，原來愛，也需要保持健康。
什麼意思呢？

要吃得健康，要運動，要多喝水，要作息正常，要適當地解除壓力。

就像身體一樣，愛情也是如此。
健康的愛情要互相成長，要有足夠的溝通，要花點心思經營陪伴，要能包容體諒，要有共識。

我曾經有過一段放不下的感情。雖然現在已經到了另一個人生階段，不過我還是想分享那時的自己，給也許有過相同困擾的你。

分手的原因是這樣的，他和我家庭背景滿像，我們都吃過很多苦，也得靠自己生存，完全在生存以上、生活以下的日子長大，所以我們念舊、獨立、思想老成、沒安全感。我們喜歡黏著對方，也喜歡享受瘋狂工作，也不知道自己老是沉浸在自己的憂鬱之中。

所以我們在符合「天時、地利、人和」，同時沉浸在自己憂鬱的當下，以不算吵架而是抱怨似的方式分手了。

我拚了命想挽回，在我說出那些讓人洩氣的話之後。但已經來不及了。

也許我真的剛好點燃了他的導火線，引爆了我們的感情，最後我撿著這些碎片，後悔。

我經歷了一段分手 SOP。

用了一個半月否認事實，不停地工作，把自己累壞再累壞。

用了一個月憤怒，試圖吵架，失敗，再不停地怪自己為什麼選錯時機講話。

然後又用了兩個月沮喪，收掉已經不再是我們的物品，用力地讓一個人生活。

再到接受。

接受的過程，並不好受，但明白了很多。

原來愛情需要保持健康！先談我自己，因為從很小就離家，好強的個性使得我與家人疏離，所以不停地在愛情裡找尋安全感。我一直以為愛情就是我的家。

失去愛情以後，我的家就倒了，世界崩塌了。

直到後來的某次對談，我才發現自己的心根本不健康，所以把愛情當成了家。

而他也是沒安全感的人，我們要怎麼完整呢？原來我們太像了，不健康的成分。

於是我開始與家人保持聯繫，感受妹妹給我的溫暖，適時地依靠家人，把脆弱的一面表現出來。

有天，收到妹妹的一張紙條，我哭了。原來，我是被愛的。妹妹給了我很大的力量，把我的心打開，也讓我缺少的那份愛慢慢補了起來。

然後我就接受了，接受了逝去的愛情。
雖然接受的當下，我還是沒放下。
不過，我當時想著，提得起放得下：我提得起就繼續提著，放不下也沒關係，逼自己放下也挺不健康的。

我想念著就想念著，我健康地過著放不下的生活，不打擾也不自擾的狀態，即使偶爾孤單或想念都沒關係。

我的理智和健康的心告訴我，提著就提著。有天手痠了，就
放下了。

失戀的朋友們，放不下沒關係，至少我們要保持健康。

了解一個人

很了解一個人是很複雜的一件事。
當別人說了他什麼，
你會設身處地去幫他說話。
當別人稱讚他有多棒時，
你也會知道他背後有多辛苦。
當他做出了某些狀態，
你大概知道發生了什麼事。
當他讓你傷心難過時，
你了解也許他不是故意的。
當他讓你笑的時候，
你明白他只是貼心但他還是悶著。
當他說出了某些話，
你也懂，他現在是快樂的。
但這些了解的都是狀態，
不是內心深處。
你發現人心原來好複雜也好簡單，
我們要的不過就是快樂，
只是在通往快樂的路上，摔了一跤。

所以感覺到痛，
所以感覺到快樂好遠。

努力地跑跑跳跳呼吸，
但最怕的是空氣突然安靜。
別怕別怕，
我了解，快樂本來就不是個目的地，
而是每一個過程。
你們都要安好。
乖，摸摸頭。

喜歡是一種很玄的東西

幾年前的某天的一個下午，豔陽天，很熱很熱的那一種，似乎聞得到土裡的水分蒸發的味道，在一個咖啡廳裡陽光灑在座位上，空調的溫度正好，涼快但不會過冷。

清脆的冰塊撞擊，送上了一杯冰拿鐵在我面前，音樂意外地播著我超愛的一首歌，Hero 的〈Family of the year〉。

這是某個工作的會議，等待著最後一個人入座。

當時的我待人處事還有點生澀，對每個人只懂傻笑，但同時內心又有很多小劇場在上演。（很多人都會這樣吧？）

最後一人從外頭進門，穿著一件有點撐鬆的 T-shirt，一件五分短褲，腳上夾著一雙夾腳拖，一身輕鬆，毫不拖泥帶水地拉著椅子入座。

我腦袋立刻浮現，這個人絕對不是我的菜。
原來這就叫喜歡。

幾年前的某天晚上，即將入秋，微涼下著小雨，雨滴打在屋簷上滴滴答答響。工作到一半的休息時間，我出到門口坐在舊舊的板凳上透透氣，突然一陣濃烈菸味竄入鼻腔，我順勢往左看，一位男子也工作到一半出來，在屋簷下躲雨抽菸。

我看了他一眼，打了兩個噴嚏以後走進屋內。
原來這就是喜歡。

幾年前的某天深夜，入夏微熱，下著雨，身上有被雨打濕的痕跡。工作到一半的休息時間，好多人也跟著進屋等待。我坐在某個階梯上發呆，為了襪子有點潮濕而感到煩躁。

卻在某個瞬間，感受到了眼光，轉頭對上以後僵住了兩秒，開啓了一個莫名尷尬的對話，隨即結束。
原來這就是喜歡。

看著一個人莫名地想哭、想笑、徬徨、過多聯想、細節記憶太深刻、已經開始想念現在。

原來這都是喜歡。

不知不覺，無聲無息，衝進了眼簾，記下了這一切。

思念是一種很玄的東西，如影隨形。

喜歡也是。

原來我喜歡你就這麼簡單。

體貼這件事

被體貼是一件幸福的事。

誰不喜歡被體貼呢？這是一種語言，因了解對方，希望對方能夠開心而產生的愛的語言。

但你有沒有想過，自以為的體貼會產生什麼問題？對方無法了解的體貼可能反而成為負擔。

這是一段友人的故事。

有對兄弟，從小吃肉圓都是哥哥吃肉弟弟吃皮。哥哥用筷子先把肉圓戳開，吃了一口裡面的肉，弟弟把外面的皮扯下來吃，從今以後他們點肉圓就是這樣分配的。直到長大。

哥：「你不是喜歡吃皮？我以為你喜歡吃皮就都讓給你吃！」

弟：「我才沒有喜歡吃皮咧！因為你喜歡吃肉我才讓給你吃的。」

哥：「我才沒有只是愛吃肉。」

弟：「我也沒有只是愛吃皮。」

Oh my god，從頭到尾都是個誤會。

共同分食了這麼多年的肉圓，因為自以為的體諒而導致雙方都無法吃到完整的肉圓。

有時候啊，我們不要太過度自以為體諒，愛的語言不說出口，別人未必都懂。

一人一顆完整的肉圓很好，解開誤會的兄弟也很可愛，說出口才知道互相愛了這麼多年。

總體而言，有人體貼是種幸運。
開口了解彼此後給予彼此體貼是種幸福。

親愛的你怎麼不在我身邊

如題，這是 21 歲時陪伴我的一首歌。

當時以為我會永遠這樣，面紙一張張抽了又抽。
鼻涕夾雜淚水，把一張面紙使用到極致。

21 歲可能是我最徬徨無助的時候，工作有一搭沒一搭，有閒
沒錢，自己住在台北，台北沒親戚朋友，男朋友又不住在台
灣，半年才見一次面。

孤獨與恐懼伴著我度過的每一天，棉被很薄的冬天，與離我
步行很遠的捷運站。以及智慧型手機還不夠厲害的年代。

當時什麼都不會，只是很想念很想念愛的人。

我知道如果你在，我就不再害怕了。
我知道如果你在，棉被再薄，這個冬天也不會這麼冷。
但是你不在。

讓人期待與失落交織的空中與機場。

好久不見的感受會在那裡發生，什麼時候才能再見的無奈也在那裡發生，那裡是無數眼淚的收集地，濕濕的、鹹鹹的。

遠距離戀愛，維持了近三年。

從一開始的想念和渴望見面的眼淚，到被現實綑綁的我們，爭吵抱怨，最後只剩下無可奈何與麻痺。

分手的時候我們好冷靜。

我說：「我再也撐不下去了，八個月沒見，我真的有時候好想跟你牽手去吃宵夜，好想無助的時候能得到你溫暖的擁抱，好想在你心情不好的時候靠在你肩上，讓你知道我都會在。可是我們盡力了，我們兩個最終的目標還是在兩個不同的地方，你無法過來台北定居，我也放不下我的家鄉。所以我們分手吧。」

等待回應的那段時間，心裡複雜，好希望被挽留卻又害怕被挽留。

過了好幾個小時，才得到回應……

他說：「我希望能有人照顧妳，可是我做不到……我們盡力了。」

就這樣和平分手了。好多好多細節，大概就像這首歌，我無法一一細數。

這是一段又美又痛的戀愛。謝謝你，我是幸福的。

失去愛的時候

婚姻裡愛的眞諦是什麼
我完全不懂
但是好像有一種體悟
不必勉強自己把內心挖空
心裡有個位置誰住著就住著
自己該如何去過屬於自己的生活比較重要
看完電影《婚姻故事》好像不是感到遺憾
而是對一個人的愛呀
停留在某個美好的地方
能夠想念也不是個壞事

還是要勇敢地相信愛

戀愛

愛情是一種很特別的感受。
年少時初戀心臟噗通噗通地跳，
期待每一天唸書時的見面，
每次靠近一點和眼神交流，
都能微笑一整天。

隨著年齡成長，
有時候妳會遇到
妳以為全世界最愛妳的人卻背叛了妳。

有時候妳會遇到
妳以為年輕時就能穩定了的人，
卻因為距離，
雙方捨不得彼此沒人照顧而協議分開。

有時候妳會遇到
妳覺得一切都不錯，
他疼妳，妳也愛他的，

卻時常感覺有某種說不上來的距離感⋯⋯

有時候妳會遇到
妳很愛他，他也很愛妳的，
但你們之間就是重重關卡，
得了這個少了那個，於是只好忍痛放棄。

有時候妳會遇到
一個很愛妳的，妳也很想好好愛他，
但兩人生活步調太不相同。

世界上每一種相遇都是很大的緣分。
雖然愛情不一定圓滿，
但都值得好好對待彼此，
和誠實做每一個決定。
感謝每一位遇到的人，
讓妳成為了更美更好的女人，
祝福彼此去走各自接下來的路，

這也是一種愛。

頻率相同，
相愛程度平等，
有共同興趣，
有共同目標，
能自在相處。

和天塌下來妳都確定他會陪著你的人
「最重要的小事」，
也許就是
盡力為彼此做那些我們能做到的小事。

如果遇到了，就抓緊彼此的手吧。
如果還沒遇到，請先好好專心愛自己。♥

愛的力量

安排也好
不安排也好
個性也好
不個性也好
感受也好
不感受也好
一切萬物的磨合
來得剛好才好
磨得剛好更好
石頭與玻璃
必須抗衡彼此間的質量與重量
否則一個垮了
一個碎了
一切剛好
才能創造出石之教堂
給予愛的力量
很好。

特別的人

這一生想追尋的是什麼？對你而言，誰才是特別的人？

也許每個年齡的答案都不一樣，從沒想過有一天我也會想做那個人心中特別的人。

一直以來我都算是滿自我的人，總是跟隨自己的步伐，想做什麼就做什麼。不會過於在意在誰的眼中，我是不是屬於他特別的存在。

但人一生中總是會遇到剋星吧！

「特別美好又特別不好的存在」。
更愛自己的他，總是吸引我跟在他的背後。

基於一個學習撒嬌的心態，我傻傻地問了他：「我在你心中是最特別的人嗎？」

這個問題我從來沒對別人問過，沒事哪會想到問這件事呢？

原來一個最特別的人，你會為他做出一些你自己都沒想過的
事情。想為他學會撒嬌，學會放下許多無謂的自尊心。

我以為一般來說，談戀愛的人總是會因為甜言蜜語就回答：
當然是囉！安全地解決眼前這一道陷阱題。

我得到的答案卻不是這個。

而是：「妳不是最特別的，但是現在我愛妳。」

不得不說，當時對我的打擊真的很大。

心裡的那種感受到現在我都無法言喻，不知道怎麼面對這個
說法。

我的腦袋跑出很多問題。
難道我不是他真的愛的人？
如果我對他而言不特別，他愛我什麼？

我只是過渡期遇到的女生？

我愛他一定比他愛我多吧！

他心中是不是還想著對他而言最特別的人？

腦袋千迴百轉後，我什麼都沒問。

不知道該問什麼，大概也不想聽到我不想知道的答案。

那種低落的心情維持了好久好久……影響了我有一兩年的時間，導致我對愛沒什麼自信。

或許我對自己也跟著沒了自信，於是用保護機制慢慢地把愛藏起來，這段感情也因為我的保護機制慢慢地冷淡，慢慢地消散。

對啊，總會遇到剋星的吧！

天底下哪有愛情總是順順利利的呢？

分開後我還是感覺很受傷，原來我的冷淡是假的，只是表面上作作樣子。

也許他的言下之意是，他要的不是最特別的人，而是安定的
人。現在的我給了自己這個解釋。

無論對或錯都再也不重要了。一味想闖進別人內心占據特別
位置的我，我一點都不喜歡。

不喜歡這樣子的緊緊張張，不喜歡這樣子的隱瞞感受，不喜
歡明明受了傷，還裝作瀟灑。

沒有人能夠決定誰才能成為誰心中最特別的人，而我也不願
意成為這樣的曇花一現。

其實數十年的時間一晃眼就老去，並非要成為某個最特別的
人，而是成為互相成長、互相給予快樂並且互相安心的人。

幸福

「幸福」。

我以為，
幸福，是成為對方心中最特別的人。
後來發現，
幸福，是快樂傷心都不願離開妳的人。
我們不一定最特別，
但我們一定有機會得到幸福。
對嗎？

後記

過於努力後，是否疲憊不堪？

本來以為是兩部戲，結果花了兩年時間（笑），將近要寫完這本書時，我問了自己很多次，這本書想要表達的到底是什麼呢？我細細地往前讀了一番，有好多時候過於努力的自己，無論是努力什麼，這些結果都是我滿意的嗎？

連續好幾年，我不時會作同一個夢，在夢裡不斷地追，不斷地跑，有時跟蹌拐到摔在一片灰色水泥地上，全身灰頭土臉但還是繼續跑，直到我找到一個門，看見裡面坐著另一個我，手腳被綑綁著，貌似在叫卻沒聽見聲音。突然妹妹出現，試圖幫我鬆綁卻失敗了。接著一個一個愛我的人和我愛的人想要幫助我解脫，卻被我一次次用力掙扎給弄傷，每個人最後都失敗離開。夢裡只剩下兩個我，在那個黑色的小房間。我也試圖解開被綁住的自己，好像越掙扎繩子就越緊，被綁住的我就越痛，呈現無聲卻最幾近崩潰的狀態，直到我們兩個都暈過去。當我醒來後，發現換我被綁在同一個地方，然後同一個故事繼續進行，直到我真正醒來為止。

一模一樣的夢不時出現，不知道一直到了幾歲才停止。但這個夢非常真實。一個個愛我的人被我趕跑，痛感越來越加倍，叫不出來也無法表達的無助都歷歷在目。

是不是過於努力追求被愛，把別人嚇跑？或自以為能力過剩，扛下太多責任與壓力，卻無助到連自己都救不了自己了？

我相信遇到這些問題的大有人在，而我也還在用一生來治癒童年的路上，光鮮亮麗的底下，用盡了多少苦痛和養分來滋養自己。

我懂，過於努力之後，疲憊不堪。

希望看完這本書，我們都能放下過於努力的自己，願意愛自己才能讓愛你的人靠近你。想哭就哭出來，總有一天你也會懂自己有多麼不錯。真的，很不錯。

Love 003

致，一直過於努力的妳

作　　者	邵雨薇
經紀公司	多曼尼製作有限公司
裝幀設計	犬良品牌設計
編　　輯	吳愉萱
校　　稿	林芝
攝　　影	三角、邵雨薇
照片提供	邵雨薇
化　　妝	Ara Wu (so easy studio)
髮　　型	Juntsai
媒體公關	好朋友工作室
協力製作	高羣皓
行銷企劃	黃禹舜
營業專員	蔡易書
總 編 輯	賀郁文
出版發行	重版文化整合事業股份有限公司
臉書專頁	www.facebook.com/readdpublishing
連絡信箱	service@readdpublishing.com
總 經 銷	聯合發行股份有限公司
地　　址	新北市新店區寶橋路 235 巷 6 弄 6 號 2 樓
電　　話	(02)2917-8022
傳　　真	(02)2915-6275
法律顧問	李柏洋
印　　製	凱林彩印股份有限公司
裝　　訂	智盛裝訂股份有限公司
一版 2 刷	2021 年 12 月
定　　價	新台幣 370 元

國家圖書館出版品預行編目（CIP）資料

致，一直過於努力的妳 / 邵雨薇作 . -- 一版 . -- 臺
北市 : 重版文化整合事業股份有限公司 , 2021.12

面；　公分 . -- (Love ; 3)

ISBN 978-626-95485-0-7(平裝)

863.55　　　　　　　　　　　　　110019938